KB061802

나는
다시

빛날
거야

나는 다시 빛날 거야

초 판 1쇄 2023년 04월 12일

지은이 이린다
펴낸이 류종렬

펴낸곳 미다스북스
본부장 임종익
편집장 이다경
책임진행 김가영, 신은서, 박유진, 윤가희

등록 2001년 3월 21일 제2001-000040호
주소 서울시 마포구 양화로 133 서교타워 711호
전화 02) 322-7802~3
팩스 02) 6007-1845
블로그 http://blog.naver.com/midasbooks
전자주소 midasbooks@hanmail.net
페이스북 https://www.facebook.com/midasbooks425
인스타그램 https://www.instagram/midasbooks

ISBN 979-11-6910-199-8 03810

값 **18,200원**

미다스북스는 다음세대에게 필요한 지혜와 교양을 생각합니다.

나는
다시
빛날
거야

싱글 커리어
우먼의
뇌출혈 후유증
극복기

이린다 지음

미다스북스

내가
사랑하는

내 곁의
사람들에게

처음 뇌출혈 진단을 받고 집으로 오는 길에 친구가 말했다.

"너 회사에 뇌출혈 같은 건 솔직하게 얘기하지 마. 이 업계가 얼마나 좁고 사람들이 말 많은지 너도 알잖아. 그거 소문나봤자 너한테 좋을 것도 없어." 나는 당연히 잘 안다며 고개를 격하게 끄덕였다.

최근 10여 년간 서너 줄이 넘어가는 글이라고는 회사에서 쓰는 이메일이 다였다. 하지만 초등학교 때 백일장에서 입상한 적이 있고 글로 내 감정을 표현하는 것이 머리가 지끈거릴 정도로 스트레스 받는 일은 아니었다. 그렇다. 나도 살면서 내 책을 갖게 되는 막연한 상상을 한 번쯤은 해봤다. 그런데 그 꿈같은 일을 몸이 이렇게 불편하게 되어서야 실현시키고 있다. 당당하고 멋진 모습이 아니라 최악과 같은 모습을 하고서야 나를 드러내려 하고 있다.

삶은 정말 아이러니가 맞았다.

2020년 가을, 당시 베스트셀러 중의 하나였던 하버드대학교 뇌과학자 질 볼트 테일러가 쓴 『나는 내가 죽었다고 생각했습니다』라는 책을 읽은 적 있었다. 이 책은 하버드 대학교의 여성 뇌과학자가 30대 후반에 뇌졸중을 겪었던 경험에 관해 쓴 책이었다. 나는 책의 콘셉트가 흥미롭다고 생각했다. 뇌에 대해 잘 알고 있는 뇌과학자가 겪은 뇌졸중은 과연 어떤 느낌이었을까? 좌뇌가 손상된 책의 저자는 우뇌의 활성화가 얼마나 경이로운 기쁨을 체험하게 하는지에 대한 개인적인 경험을 중점적으로 책을 썼다. 당시 나는 '아, 우뇌는 정말 행복한 감정에 관여하는 뇌가 맞구나. 저자가 말하는 평화와 행복은 도대체 어떤 느낌일까?' 또는 '인간의 뇌는 정말로 끊임없이 발전하고 변화하는구나.' 하는 생각을 했었다.

9개월에 가까운 재활병원 생활을 마치고 퇴원하기로 계획했던 즈음, 나는 문득 나의 이야기를 하고 싶다는 생각이 들었다. 처음 시야 장애를 진단받았을 때부터 내 경험이 신기하고 독특하다는 생각을 했었다. 더

구나 나에게는 오랜 병원 생활로 인하여 많은 에피소드가 쌓이는 중이었다. 나는 다른 사람들에게 이 이야기를 들려주고 싶은 강렬한 열망에 휩싸였다.

뇌를 다친다는 것. 상상조차 해보지 못한 일들의 연속이었다.

나는 인터넷을 검색해 나처럼 젊은 사람이 이런 경험을 책으로 낸 적이 있는지 확인해보았다. 그러나 한국어로 된 책은 없는 것 같았다. 이번에는 아마존에 들어가 뇌졸중의 영어 단어인 stroke를 검색해보았다. 그랬더니 질 볼트 테일러의 책 외에도 꽤 여러 권의 책이 있다는 것이 눈에 띄었다. 대부분의 책 제목은 'stroke(뇌졸중)'과 'insight(영감)'이라는 단어의 조합이 많았다. 그렇다. 이 경험은 삶에 영감을 주는 엄청난 경험인 것이 사실이었다. 그런데 왜 아무도 이것을 알리려 하지 않았을까? 나는 그것이 의아했고 내가 해야겠다는 생각이 들었다.

퇴원 전에 책의 개략적인 목차를 짜고 퇴원하자마자 틈틈이 글을 써 내려가기 시작했다.

기억과 영감이 흐려지기 전에 빨리 써야 한다는 조급한 마음이 들었다. 나는 이른 새벽에 일어나 글을 쓰기도 했고, 주말에 놀러온 조카들이 등 뒤에서 시끄럽게 떠들어도 아랑곳하지 않고 글을 써 내려 나갔다. 나는 이것을 써야 한다는 간절한 마음뿐이었다.

중간 점검을 위해 첫 독자인 베스트 프렌드에게 글을 보여주었더니 친구는 더 읽고 싶다며 다음 내용을 빨리 써달라고 재촉했다. 글이 마무리 될 때쯤 친구에게 보여주자 친구는 이렇게 말했다. "요즘 언제까지 이렇게 더 살아야 하나 하는 생각이 들었는데 이걸 보고 나서 그냥 살고 싶어졌어."

운명적으로 연결된 출판사에서는 내 초고를 보고 감동과 여운이 있다고 얘기했다.

나는 이 이야기를 써야겠다는 일념으로 정신없이 글을 써 내려갔을 뿐이었다. 그런데 살고 싶어졌다느니 여운이 있다느니 하는 얘기를 들으니 나는 또 다른 생각이 들었다.

'사람들이 내 글을 읽고 마음이 따뜻해지고 감동을 받을 수 있다면 얼마나 좋을까. 내가 그런 일을 할 수 있다면 얼마나 좋을까.'

이 글을 읽는 모든 사람이 지금보다 더 용기와 희망을 가졌으면 좋겠다.

예측할 수 없는 삶 속에서 나도, 여러분도 담담한 용기를 가지고 살았으면 좋겠다.

마지막으로 지난 1년여 시간 동안 내 곁에 있어주었던 모든 사람에게 사랑의 마음을 전하고 싶다. 앞으로 내 곁에 있어줄 모든 사람에게도.

목차

2장 멈추지 않는 여정

3장 온전한 내가 된다는 것

1장

내가 뇌출혈이라니

1일차, 발병 –

어느 날
갑자기 시작되었다

내 인생의 엄청난 경험은 여느 날과 다르지 않은 어느 날 아침에 시작되었다.

2021년 11월 아침에 눈을 떴을 때, 나는 눈이 평상시처럼 좌우 1.5/1.5의 맑고 상쾌한 상태가 아니라는 것을 깨달았다. 방 전체가 흐릿하게 보였고 천장에 달린 형광등의 불빛은 번져 보였다. 그리고 눈이 부셨다. 이런 눈부심을 경험한 것은 처음이어서 달리 표현할 수 없었다.

나는 핸드폰을 들어 인터넷 화면을 열고 기사 하나를 클릭했다. 그러자 뉴스 기사의 글자들이 사선의 빛 또는 어둠으로 가려져 일부분이 보이지 않았다. 거기에 더해 눈이 부신 증상도 있었다. 나는 글자를 보기 힘들어져 보고 싶지 않았다. 그렇게 어딘가 모르게 흐릿한 눈을 만지면서 '이건 분명 어제 한 속눈썹 파마 때문일 거야.'라고 생각했다. 간지럽지도 않은 눈썹을 잡고 뜯어보기도 했다.

'다시 맑아지겠지….'

나는 가까스로 출근 준비를 하고 아파트 앞 정류장으로 나왔다. 그런데 이번에는 건너편 아파트 동의 숫자가 이상했다.

'어? 이상하다. 저기는 원래 동이 두 자리 숫자였나?'

그 순간, 맨 앞자리에 숫자가 하나 더 있다는 것을 알게 되었다. 그 숫자는 나타났다가 사라졌다.

'아우, 불편해. 이거 정말 오늘 너무 오래가는데….'

나는 버스로 10분 거리의 사무실에 도착해서 먼저 출근한 부하 직원에게 말을 걸었다.
"은경 대리~어제 내가 속눈썹 파마를 했는데 눈이 이상해. 잘 안 보이기도 하고."

'아침부터 제 속눈썹 파마한 얘기라니….'
내가 철이 없는 싱글 상사처럼 보일 것 같았다.

하지만 매사에 사려 깊고 배려심 좋은 은경 대리는 따뜻하게 나를 응
대했다.
"왜 그러죠. 부장님? 저는 그럴 때 눈을 이렇게 하는데."
하면서 은경 대리는 본인의 눈을 요리조리 만졌다.

"시간 지나면 괜찮아질 거예요~ 그래도 한번 근처 안과에 가 보시는
게 어때요?"

"이상해. 정말 오래 가네. 원래 이런 뿌연 느낌은 속눈썹 파마 당일 두
세 시간 후면 끝나는데 말이야. 어제 아침에 한 건데 지금까지 이러다니
정말 이상해."

말하고는 오전 업무를 시작했고 그 후에도 '오늘 이상해.'를 수십 번 반
복했다.
견딜 수 없는 불편함에 점심시간이 시작되기 한참 전에 회사 옆 안과

를 찾아갔다. 각종 검사와 진료를 마친 의사는 나에게 조금은 고압적인 말투로 얘기했다.

"말이 안 됩니다. 눈에 하다못해 조그마한 염증 하나 없어요. 왜 엄마들이 파마하고 나면 눈이 이상하다 어디가 아프다 하죠? 아무런 연관이 없어요. 그리고 속눈썹 펌 제품들이 눈의 구조상 눈 안으로 들어갈 수조차 없어요. 이건 그냥 쉽게 말해서 기분 탓이에요. 기분 탓!"

내 눈의 증상은 매우 이상했다. 그래서 나는 이 기이한 증상들을 다 설명하고 싶었다. 하지만 한편으로 더는 불안한 생각으로 골치 아파지고 싶지 않았다. 나는 의사의 말처럼 그냥 별것 아닌 것으로 덮어두는 편이 한결 속이 편할 것 같았다. 나는 안도의 미소를 지으면서 물었다.

"선생님, 그러면 내일 아침에 일어나면 제 눈이 원래대로 돌아가 있을까요?"

내 이 질문이 대답할 가치가 없었는지 의사는 답을 해주지 않았다.
나는 인공눈물과 소염제를 같은 건물의 약국에서 받아 나왔다. 그리고는 점심을 먹으러 나온 직원들과 마주쳤다.
"부장님, 괜찮으세요?"

"응 괜찮아."

나는 조금 외로운 것 같았다. 이 문제가 다분히 개인적이라는 생각이 들었고 그간의 소소한 행복을 위협하는 불안이 다가오는 것을 느꼈다.

늦은 오후 직속 상사인 상무님과 회의를 했다. 최근 만든 프레젠테이션 자료를 보며 설명하던 나는 "상무님, 오늘 눈이 잘 안 보여서 그러는데요."라고 말하면서 글자나 숫자를 틀리게 읽을 수도 있는 실수의 가능성을 미리 알렸다. 상무님은 의아한 표정을 지었지만 자세히 묻지 않으셨다.

퇴근 무렵 상무님 방에 들어가 얘기했다.

"상무님, 오늘 갑자기 눈이 잘 안 보이는데요. 아까 안과도 다녀왔는데 안과에서는 아무 문제가 없다고 하네요. 핸드폰을 보면 햇빛 아래서 보는 것처럼 눈이 부시기도 하고 글자는 일부분이 가려져서 잘 안 보이기도 해요. 증상이 너무 이상해서 정확히 설명하기도 힘들어요. 만약에 내일 아침에 일어났는데 눈이 같은 상태면 내일 출근하지 않으려고요. 큰 병원에서 가능한 모든 검사를 다 받고 오려고 해요."

"네, 그렇게 해요."

상무님은 '그러라.' 하며, 걱정스러운 투로 '갑자기 왜 그러냐.'라고 하셨다. 하지만 이 증상은 설명하기도 어려울 뿐더러 속눈썹 파마부터 시작한 이야기는 누가 들어도 쉽게 이해할 수 없을 것이었다.

그날 밤, 나는 무언가 간절한 마음으로 잠자리에 들었다.

카프카의
변신을 떠올리다

다음 날 아침, 나는 눈을 떠서 먼저 핸드폰을 열어 화면을 보고, 다시 천장을 보고, 일어나서 불을 켜고 방을 한 바퀴 쭉 둘러보았다. 그리고는 눈에 아무런 긍정적 변화가 없다는 것을 곧바로 깨달았다.

나는 살면서 한 번도 건강에 큰 문제가 있었던 적이 없었다. 그래서인지 질병에 대한 별다른 지식은 없었다. 하지만 나는 이 증상이 눈 자체의 문제가 아니라는 직감이 강하게 들었다. 일단 출근해서 병원을 찾아보기로 했다. 눈이 부시는 느낌은 전날보다 조금 더 심한 것 같아 선글라스를 하나 챙겼다.

버스 정류장에 도착하자마자, 또 건너편 아파트의 동 자릿수가 이상하다는 사실을 알았다. 카프카의 『변신』이 떠올랐다.
어느 날 아침 이상하게 되어버린 나.

회사로 가는 버스에서 몇 군데 갈 만한 병원에 전화했다.

'아차! 큰 병원은 당일에 못 가지.'

나는 당일 예약이 가능한 서울 시내 종합병원의 안과 한 군데를 예약했다. 회사에 도착하니 워커홀릭인 은경 대리가 진행 중인 업무 내용을 한가득 모니터 위에 띄워놓고 내 의견을 물었다. 이 회사에서 일한 지는 오래되지 않았지만 나는 복이 많은 사람 같았다. 회사 분위기는 따뜻했고 직원들의 태도는 모범적이었다. 그래서 업무로 인한 스트레스는 많았지만 나는 이 회사에서 일하는 것이 만족스러웠다.

"잠깐만 은경 대리, 나 선글라스를 끼는 게 좋을 것 같아." 하고 선글라스를 끼자, 은경 대리는 "부장님, 괜찮으세요?" 하며 걱정스러운 표정을 지었다.

"아, 나 오늘도 눈이 어제랑 똑같아서 이메일 한 통만 쓰고 바로 병원으로 가려고. 병원 예약했어."

선글라스를 끼니 눈부심이 좀 편해진 것 같기도 하고, 아닌 것 같기도 했다. 잘 보이지 않는 것은 어차피 똑같았다. 선글라스를 끼고 있는 내 모습이 이상한지, 옆을 지나가시던 상무님은 의아한 시선으로 나를 흘낏 쳐다보셨다.

나는 자리로 돌아와 컴퓨터를 켜고 오늘 반드시 보내야 할 이메일을 작성하기 시작했다. 분명히 어제보다 잘 안 보인다는 느낌이 들었다. 타이핑에 실수가 잦아질 것 같아 한 자 한 자 집중해서 이메일 작성을 마쳤다.

상무님께 인사를 하고 병원 예약 시간에 맞춰 가기 위해 밖으로 나왔다. 기상예보대로 비가 내리기 시작했다. 축 처지는 기분을 전환이라도 할 겸 옆 건물 스타벅스로 들어가 카페라테 한 잔을 시키고 택시를 불렀다.

모처럼 쉬는 날인데 기분이 울적했다.

택시를 타고 도착한 곳은 서울 시내의 규모가 있는 병원이었다. 코로나 때문인지 병원 입구 문진표 작성이 꽤 요란스러웠다. 나는 눈으로 보고 뭔가를 하는 것은 모두 부담스러워 겨우겨우 문진표 작성을 마쳤다.

안과에서는 사무실 근처 안과에서 진행했던 검사들과 비슷한 검사들이 반복됐다. 알이 없는 안경을 쓰고 다양한 렌즈를 바꿔 끼우는 검사를 하는 것이 한 가지 다른 점이었다. 렌즈가 교체되는 중간중간, 부분적으로 글자가 선명해졌다.

그래도 이것은 해결책이 될 수 없었다.

나는 초등학교 때부터 근시가 있어서 시력이 좋지 않았다. 하지만 10년 전 라식 수술을 받은 이후에는, 라식 수술 전 했던 부작용에 대한 우려들이 무색할 정도로 해가 갈수록 시력이 좋아졌다. 지난 6월 한 건강검진에서는 급기야 처음으로 좌우 시력이 1.5/1.5가 나왔다. 검사를 하던 간호사는 본인의 일처럼 기뻐하며 일어나 손뼉을 쳤다.

어릴 때부터 근시로 고생하고 성인이 되어서는 미용의 목적으로 착용한 콘택트렌즈 부작용으로 고생이 많았던 나는 내 시력이 너무 자랑스러웠다. 어느 장소에 가든 어떤 상황을 마주하든 내 눈은 늘 한눈에 상황을 파악했다. 그래서인지 나는 지금 이 상실감을 받아들이기 힘들었다.

이상한 증상, 물체와 글자의 인식 오류들이 있음에도 불구하고 간호사가 측정한 내 시력은 0.9 즈음이었다. 측정된 시력이 정상 범위니 병원에서는 큰 문제가 없다고 판단할 것 같았다. 렌즈를 계속 교체하는 작업까지 모두 마친 간호사는 40대에 발생할 수 있는 노안의 증상들에 관해서 설명했다.

'그게 아닌데….' 나는 마음속으로 갸우뚱했다.

검사를 모두 마친 후 대기실에서 조금 기다리고 있는데 간호사가 의사 진료실로 불렀다. 의사는 검사 결과를 토대로 설명했다. 예상한 대로 의사는 내 증상을 노안으로 결론을 짓고 있었다.

어제와 오늘 내내 나는 이미 눈에 이상한 일이 일어났다는 것을 충분히 경험했다. 의사의 진단 결과라고 해서 '아! 소호데스까? 알겠습니다! 감사합니다!' 하고 인사하고 돌아설 수는 없었다.

내 목소리는 조금 격양되었다.

"아니 선생님, 그게 아니에요. 예를 들어서 저 문장이 있잖아요. 그러면 '마'나 '마스크' 같은 앞부분 위주로 글자가 사라진다고요. 전체적으로 모든 글자에 대각선이나 사선의 빛으로 가려지는 현상도 있고요. 빛은 과해서 불편한데 어둑어둑한 느낌도 있어요."

진료실 벽에 '마스크를 써 주세요.'라고 A4용지로 붙어 있는 안내문을 가리키며 말했다.

"제 눈이 정말 좋아요. 노안 절대 아니에요."

내 말투에 당황한 여의사는 급작스레 정신을 차린 듯 제안했다.

"아, 그렇다면 시야 검사라는 게 있는데요. 마지막으로 이 검사를 해보도록 하시죠."

'앞에서 보이는 게 이상하다는데 무슨 시야 검사?'

이제까지의 상황상 별로 믿음이 가지 않았지만 할 수 있는 검사는 다하기로 했다. 그래서 나는 시야검사를 진행하기로 했다.

나는 진료실을 나와서 잠시 기다렸다가 간호사의 안내에 따라 시야 검사실로 이동했다. 작고 어두운 방 안에는 시야 검사를 위한 장비 한 대와 의자가 놓여 있었다. 시야 검사는 기계에 턱을 받치고 가운데 노란 점을 바라보는 동안, 그 주변부에서 잠깐씩 나타나는 다른 노란 점이 느껴질 때마다 손에 쥔 버튼을 누르면서 진행하는 검사였다.

한쪽 눈에 15분씩 진행되며, 눈을 돌리지 않고 중앙에 있는 노란 점에 시선을 고정하는 것이 핵심 주의사항이었다. 버튼을 누르는 동작은 청력 검사를 할 때와 유사했다.

나는 주변부 여기저기에서 미세하고 약하게 번쩍이는 노란 점을 놓치지 않고 버튼을 잘 누르려고 집중했다. 나는 눈을 사용하는 것이 불편해서 15분씩 총 30분 동안 집중해서 검사를 진행하는 것이 힘들었다.

속이 울렁거리는 것만 같았다. 눈으로 하는 어떤 행동도 긴장이 되었다.

2일차 오전, 첫 진단 -

뇌종양이면
죽을 수 있는 거 아니야?

"이 결과지를 보시면 왼쪽 윗부분의 시야만 잘 보이지 않는 것으로 보이는데요."

의사가 보여주는 컴퓨터 화면의 시야 검사 결과 자료에는 가운데를 중심으로 가로 선과 세로 선으로 4등분을 한 원에 조그만 점들이 깨알같이 분포되어 있었다. 어떤 4분 원에는 점이 촘촘하게 분포되어 있는데, 왼쪽 윗부분인 한 4분 원에는 유독 점이 거의 없었다.

나는 이 결과가 무엇을 의미하는지 궁금해졌다.

"이런 경우는 눈의 문제는 아니고 뇌에 문제가 있는 것이고요. 눈에서부터 이렇게 연결된 시신경에 문제가 생겨 한쪽 시야만 놓치게 되는 겁니다."

의사는 손가락으로 눈 옆에서부터 머리 뒤쪽까지 잇는 동작을 하며 얘기했다.

나는 실제로 시야에 불편함을 느낀 적은 없었다.

하지만 '그래서 문장이나 글자의 시작 부분인 왼쪽 위주로 안 보이는 증상이 나타났던 거구나.' 하고 생각하며 이제야 시야 검사를 받은 이유를 이해했다.

"아무래도 뇌종양일 가능성이 있어 보입니다. 혹시 마지막으로 음식을 몇 시쯤 섭취하셨죠? 금식이 조금 필요하기는 한데….."

나는 뇌종양이란 의사의 의견에 대해서 의심이 없었다. 눈의 증상이 기이하니 이것만이 유일한 설명이 될 것 같았다.

"아까 10시쯤 라테를 마셨는데요."

대답하고는 나는 생각했다.

'우쒸. 괜히 기분 전환한다고 스타벅스에 들렀네. 어차피 택시가 빨리 와서 몇 모금 마시지도 못하고 버렸는데.'

"아, 그러면 저희가 MRI 촬영 예약을 잡을게요. 오후 3시로 잡을 테니까, 촬영 전까지 일단 금식하고 근처에서 기다려주시겠어요.? 그런데 저희 병원에 신경외과는 없고요. 신경과가 있으니까, MRI 촬영을 하고 신경과 진료까지 당일에 할 수 있도록 해드리겠습니다."

'뇌종양. 드라마에서 본 익숙하다 못해 친숙한 병명이지만, 종양이면 암 아닌가? 암이면 죽을 수도 있다는 거고?'

실제로 어지러운 증상이 있는 것은 아니었지만, 시야 검사로 인한 긴장과 피로감에 뇌종양이라는 단어까지 듣고 나니 어지럽고 속이 울렁거리는 기분이 들었다. 진료실을 나오면서 나는 누워서 쉬고 싶다는 생각이 들었다.

간호사에게 부탁해 주사실을 빌려 누워 있기로 했다. 잠시 쉬고 나니 컨디션이 조금 괜찮아졌다. 나는 핸드폰으로 '뇌종양', 'MRI' 같은 단어들을 몇 차례 검색했다. 그러나 글자를 읽는 것은 힘들었다. 나는 동생에게 전화를 걸었다.

"민지야, 어제부터 눈이 잘 안 보여서 오늘 큰 병원에 왔는데 눈이 아니고 뇌 문제 같대. 뇌종양일 가능성이 있대. 지금 MRI 찍으려고 기다리고 있어."

처음에는 내가 원하는 대로 차분하고 냉철한 목소리였지만, 뇌종양이라는 단어를 말하는 순간부터 멘탈이 흔들려 급기야 목소리가 떨리기 시작했다. 가까스로 마음을 추스르고 시간이 비교적 자유로운 친구에게 병원으로 와 달라는 메시지를 보냈다. 뇌종양이라는 단어를 듣고 나서부터는 내가 환자라는 느낌이 강하게 들고 혼자 있는 것이 싫어졌다. 보호자가 필요하다고 느껴졌다.

얼마 후 친구가 왔다. 우리는 병원 옆 카페로 갔다.

"야, 뇌종양이면 나 죽을 수도 있는 건가? 예전에 너랑 스위스 안락사에 관해서 얘기했던 거 생각나네. 그게 돈이 2~3천만 원 든다 그랬나? 비싸기도 하네. 그런데 아무나 할 수 있는 게 아니라며. 불법이라고도 하던데. 그런데 나처럼 명확한 이유가 있는 사람은 할 수 있는 거 아니야? 혹시 모르니까 그것 좀 알아봐야겠어."
"나는 연애도 해보고 진짜 사랑도 해봤고 회사도 열심히 다녔어. 아기를 못 낳아본 게 좀 아쉽긴 하지만 그게 엄청 아쉬운 수준의 것은 아니야. 죽는 거? 괜찮아. 20대나 30대면 억울할 거 같은데 40대면 이제 슬슬 병에 걸리고 죽는 사람도 있잖아."

젊고 당당한 나는 죽음에 대해 굴복해야 하는 대상이 아닌, 멋지고 우아하게 선택할 수 있는 것이라는 생각을 했었는지 모르겠다. 3년 전에 키우던 강아지가 하늘나라에 갔을 때 힘든 시간을 이겨내면서 죽음에 관련된 책들을 읽은 적 있었다. 죽음은 흑과 백 중에서 흑에 해당하는 나쁜 것이 아닌, 어떠한 과정이고 경지에 가까운 것 같았다. 평소에도 나는 죽음에 대해서 사람은 항상 초연해야 한다는 생각이 있었다.

'하지만 뇌종양이란 단어 하나에 죽는 생각부터 하는 극단적임이라니…. 성격 참 급하고 중간이 없구나.'라고 나는 생각했다.

MRI는 생각했던 것보다는 힘들지 않았다. MRI 기계 안에 머리만 살짝 넣는다는 점이 심리적 불편함을 완화시켰다. 주기적으로 나는 쾅쾅 두드리는 소리와 삑삑대는 소리는 평소 즐겨 외우는 만트라(주문)를 마음속으로 반복하면서 자연스럽게 극복할 수 있었다. 중간에 주삿바늘을 통해 조영제가 들어가는 시간이 있었다.

신경과 앞에서 의사의 면담을 기다리는 동안 우리는 서로의 근황에 관해 이야기했다. 그리고 의사 중 어떤 과가 제일 편할지에 대한 수다도 떨었다.

"마취과?"

"마취는 마취약 양을 조절하고 계속 신경 써야 하잖아."

"안과? 안과는 수술이 없잖아."

"안과는 백내장 같은 거 수술하잖아!"

"영상의학과지! 마우스 클릭하면서 영상만 저장하면 되잖아."

우리는 우리 수준에 맞는, 의사들이 들으면 너무 황당할지도 모르는 잡담을 하면서 지루하고 불안한 시간을 때우고 있었다. 역시 가벼운 대화는 쓸데없는 진지함을 무너뜨린다는 생각이 들었다.

내 마음은 한결 가벼워졌다.

내가
뇌출혈이라니

해면상 혈관 기형. 이것이 내 병명이었다.

이 병명을 쓰는 지금 이 순간에도 나는 울컥하다. 첫 진단 이후, 세 번
더 다른 대학병원 신경외과 의사들을 만났지만 다른 의견을 내놓는 의사
는 없었다. 이 병명과 현실을 받아들이기 어려웠다. 나는 다른 얘기를 듣
고 싶었지만 그들은 내 병명에 쐐기를 박을 뿐이었다.

의사는 이 병이 선천적인 뇌혈관 기형이라고 했다. 정상적인 뇌혈관은

세포와 근육층이 있지만, 이 혈관에는 근육층이 없어서 약한 혈관이며 그래서 출혈을 일으킬 수도 있다고 말했다. 그 혈관 기형에서 갑자기 출혈이 발생했으며 크기는 약 0.9 센티미터였다. 그리고 이 작은 출혈이 근처를 지나는 시신경을 건드려서 이러한 눈의 증상들이 생긴 것이라고 했다.

뇌종양은 아니고 뇌출혈이라고 했다. 둘 다 충격적이기는 어차피 매한가지였다.

"선생님, 아무리 선천적으로 혈관 기형이 있다고 해도 이제까지 아무일 없이 잘 살다가 왜 지금 갑자기 이런 출혈이 생기는 건가요? 이유가 뭔가요? 뇌출혈이면 제가 스트레스를 받은 건가요? 아니면 과로를 한 건가요? 제가 무슨 잘못을 한 건가요?"

하지만 '스트레스'라는 말은 흔하디흔한 일상과도 같은 단어였다. 현대인으로 사는 내가 남들보다 더 스트레스를 받으며 살고 있다고 생각하지 않았다. 게다가, 나는 평소 야근도 거의 하지 않았다. 최근 위드코로나로 인하여 과음을 한 적 있지만, 과음이라면 30대에 이미 많이 했었다.

'오히려 최근에는 술을 끊은 듯 살아왔던 나인데…. 그런데 왜 지금?'

어떤 일에 반드시 이유가 있어야 하는 것은 아니지만 우리는 왠지 이유를 찾는다. 이유 없이 사건을 받아들이는 것이 어려워서일까. 하지만 의학은 인과관계가 명백해야 하는 과학이다. 애인과 헤어지는 이유를 찾는 일과는 다르다.

'그래, 내가 이걸 조심해야 했는데 이걸 조심하지 않았어. 그래서 문제가 발생했어.'

하는 자책이라도 한번 하면서 고개를 끄덕여 볼 어떤 논리적인 인과관계가 있어야 한다. 잘 파악이 되지 않는 일은 항상 사람을 괴롭고 혼란스럽게 만든다.

"이 혈관 기형은 평생 출혈을 일으키지 않을 수도 있고, 잘 살다가 어느 날 갑자기 출혈을 일으킬 수도 있어요. 그냥 갑자기 생겨요."

'아…. 뭐가 이래.'

의사는 또 말했다.
"아, 시간이 지나면 왼쪽 팔 다리에 힘이 빠지는 증상이 생길 수도 있어요."

나는 다시 빛날 거야

'힘이 빠진다는 건 또 무슨 말이지?'

사실, 이 얘기들이 잘 들리지 않았다. 내 눈. 오로지 내 눈에 대한 해결책만이 듣고 싶은 말이었다.

"최근에 어떤 호르몬 변화가 있었나요?"

의사는 물었다.

여자들에게 호르몬 변화라는 말은 대개 생리불순을 떠올리게 한다고 생각했다. 하지만 내 생리 주기는 아주 오랫동안 규칙적이었다.

"호르몬 변화가 정확히 어떤 거예요? 최근에 뭐 특별한 일은 없었는데요."

사실 솔직히 말하자면, '뇌출혈'이라는 진단이 크게 와닿지 않았다. 나는 아무런 통증도 없고 병원 중환자실에 응급하게 누워 있는 상황도 아니었다. 겉으로 보이는 내 모습은 눈의 문제를 제외하면 예전처럼 건강한 젊은 사람의 모습이었다. 내가 궁금한 것은 눈이 언제 다시 예전처럼 될 수 있을지였다.

"선생님, 그런데 제 눈이 다시 돌아오는 건가요? 저는 사실 지금 눈이

제일 궁금해요."

"돌아올 수도 있고 안 돌아올 수도 있고 그건 아무도 몰라요. 그런데 다른 신경들은 모르겠는데, 시신경은 예민한 편이어서 잘 안 돌아오는 경우가 많더라고요!"

조금의 인자함도 없는 이 쎄한 말투가 싫었다. 하지만 의사의 차가운 말투가 중요한 문제는 아니었다.

"내일 당장 ○○병원으로 가세요. 거기 가면 간단하게 방사선으로 하는 감마나이프라고 하는 시술이 있어요. 모자 쓰고 간단하게 하는 거예요."

사실, 이 문제의 핵심을 정확하게 이해할 수 없었다. 눈이 이상한데 병명은 살다가 처음 들어본 이름도 희귀한 선천적 혈관 기형이었다. 나는 겉으로는 멀쩡한 뇌출혈 환자였다. 의사는 나에게 모자를 쓰고 무슨 간단한 시술을 해야 한다고 하는데 눈이 다시 전처럼 돌아올지는 명확히 모른다고 얘기하고 있었다.

그 방사선 시술이란 것이 무엇을 위한 시술인지 정확히 파악할 수 없었다. 설명하는 의사가 문제인지 내가 문제의 핵심 파악을 위한 질문을 적절하게 하지 못한 탓인지 모를 일이었다.

3일차, 대학병원 -

머리를 여는
방법밖에 없어요

다음 날 아침, 나는 보호자로 사촌 언니를 대동하여 의사가 얘기한 병원으로 갔다. 가기 전 우리는 시뮬레이션도 했다. 언니는 대형 대학병원은 당일 진료가 안 될 수도 있다고 했다. 만약 진료할 수 없다고 한다면 응급실을 통해서 가거나 위급한 상황임을 알려야 한다고 했다.

나는 언니에게 "○○○ 병원에서 오늘 당장 가라고 했으니까 그 얘기를 하면 접수해주지 않을까?"라고 말했다. 하지만 실제로 접수 카운터에서 나는 거의 문전박대를 당하고 있었다. 접수 카운터 직원은 당일 진료는 불가능하다는 말을 반복했다.

나는 언니에게 배운 대로 최대한 임팩트 있게 얘기했다.

"제가 뇌출혈 환자고요. 지금 눈이 잘 안 보여요."

이 정도면 충분히 위급해 보였다.

원래 권한이 약한 자에게는 윗선에 승인을 받을 수 있는 충분한 밑밥을 던져줘야 하는 법. 직원은 '잠시만요.' 하고 어딘가에 전화하더니 나에게 당일 진료를 허락했다. 역시 한 살이라도 더 먹은 언니가 낫다고 나는 생각했다. 우리는 낄낄 웃으며 어제 받아온 MRI 결과 CD를 등록하러 갔다.

이번에는 신경외과였다.

"속눈썹 파마 때문에 이상한 거라고 생각했는데 어쩌고저쩌고…."

나는 며칠간의 일에 대한 설명을 늘어놓았다.

'여기서는 좀 다른 얘기를 듣게 될까?'

의사는 피부가 건조한지 손으로 제 가슴을 박박 긁어대며 더 무시무시한 얘기를 했다. 의사는 모니터 화면의 MRI 사진을 보며 말을 시작했다. 이해가 가지 않는 내용은 거의 없었다.

"이것은 일단 해면상 혈관 기형이라고 하는 병이 있는 것으로 보이고요. 그 부위에서 그러니까 약간의 피가 좀 샜어요. 여기는 그러니까 위치가… 음…. 오른쪽에 시상이라고 하는 곳이고요. 일반적으로 이 부위에서 출혈이 일어나면 시야 장애 같은 것이 생기기도 하고요. 출혈의 양이 많다고 하면 팔다리에 마비가 오는 증상이 생깁니다. 이 MRI 사진을 볼 때 이 병이 맞기는 한 것 같은데요."

"맞는다면 안타깝게도 이 병은 약물치료 방법이 없어요. 이 병의 근본적인 치료 방법은 머리를 열고 수술을 하는 것밖에 없어요. 그런데요. 이 위치는 어디냐면요. 사과의 씨 부분이라고 생각하면 돼요. 그런데 생각을 해봐요. 우리가 사과를 갈라서 씨를 뺐다. 그러면 다시 사과가 붙어야 하잖아요. 그런데 뇌는 그렇지가 않아요. 우리가 피부를 쨌다. 그러면 상처 부위가 붙고 기능적으로도 회복이 돼요. 그런데 머리를 가르고 수술을 하면…."

"흠…. 이게 만약 악성 뇌종양이라고 한다면 우리가 기능적인 손실을 감수하고라도 수술을 할 수밖에 없어요. 그러나 이 병은 죽고 사는 병은 아니에요. 그래서 이 병이 처음 이렇게 발생하면 일단은 지켜보는 겁니다. 할 수 있는 게 없어요. 수술하게 되면 이린다 님이 잃는 게 너무 많습니다. 일단 팔 다리가 마비될 거고요. 균형 감각 등 기능적인 손실이 너무 큽니다."

"어제 병원에서 신경과 의사 선생님이 방사선 시술 같은 게 있다고 했는데요. 그래서 빨리 가서 방사선 시술을 받으라고 했고요."

"아 네. 그런데 그 감마나이프라는 시술이 이 병을 없애지는 못해요. 출혈 위험성이 0이 되는 것은 아니고 조금 낮추기는 해요. 문제는 출혈 가능성이 0이 되지 않았기 때문에 또 출혈이 생길 수도 있는데, 그렇게 되면 그때는 정말 손실을 감수하고라도 수술을 해야 하거든요? 그런데 감마나이프 시술을 해놓고 수술을 하려고 하면, 왜 그 부위가 잘 안 떨어진다고 해야 하나? 잘 떼어지지 않아요. 그런데 출혈 부위가 수술하기에는 너무 위험한 자리니 방사선 시술을 해놓고 지켜보는 것도 나쁘지는 않겠네요. 지금은 출혈 직후라 상처 부위가 부어 있는 상태니 상처 부위가 조금 진정이 되면 방사선 시술 여부를 그때 가서 보도록 하죠. 수술하면 잃는 게 너무 많아요."

의사는 수술하기 위험한 위치니 수술을 권하지 않는다고 했다. 그러면서도 수술하면 잃는 게 많다고 계속해서 말했다.

'저도 머리 가르는 수술할 마음 없는데요.~'
몸이 멀쩡해서 그런지 나는 큰 심각성을 느끼지 않았다.

"당분간은 가벼운 일상생활을 하면서 집에서 좀 쉬도록 하시고요. 1월 쯤 상처 부위가 진정이 되면 CT를 찍어보고 그때 가서 시술 여부를 결정하기로 하죠. 혹시라도 그전에 무슨 일이 생기면 병원 응급실로 바로 오시고요."

언니가 눈치 없이 물었다.
"그럼 혹시 쉬는 동안 운전 같은 건⋯."

나는 최근 운전을 배워 즐기고 있었다.

"당연히 안 되죠! 시야가 잘 안 보이는데 위험하죠!"

이 정도면 명확하다는 생각이 들었다.
머리를 가르는 수술이라니. 뇌종양이라는 단어를 들었을 때부터 언급

될 가능성이 있는 단어였다. 하지만 이제야 그것이 현실적이라는 생각이 들었다.

언니의 차를 타고 집으로 오는 도중, 내가 시야 장애를 가지고 있다는 것을 깨달았다. 분명히 왼쪽에 지나가는 차가 없었는데 고개를 돌려 왼쪽을 돌아보니 차가 보였다. 운전은 절대로, 절대로 위험한 일이었다.

4일차, 또 다른 대학병원 -

대학병원을
전전하다

집으로 돌아와 내일 상무님을 잠시 만나기로 약속했다. 그리고 친구, 엄마, 아빠, 동생들에게 전화했다. 나는 큰 병원에 다녀온 것 치고는 결론이 부실한 이 내용을 모두에게 전했다.

남동생에게 전화가 왔다. 남동생은 곧 울 것 같은 약한 목소리로 "누나야…." 하고 나를 불렀다.

"누나 괜찮아."

아무것도 할 게 없으니 당연히 괜찮았다. 가중된 정신적 충격과 눈에 대한 불안감을 빼고는 말이었다. 나는 오후 내내 누워 있다가 밤이 되어 그대로 잠이 들었다.

다음 날 아침, 회사 1층 커피숍에서 상무님을 만나 상황을 얘기했다. 나는 2주 정도 회사를 쉬어보고 다음 휴가 계획을 얘기하겠다고 했다. 2주라는 시간을 얘기한 것은 어느 날 갑자기 눈이 이상해진 것처럼 어느 날 갑자기 눈이 잘 보일 수도 있다는 기대가 깔려 있었기 때문이었다. 얘기가 모두 끝난 후, 나를 기다리는 사촌 언니에게 가기 위해 커피숍을 나왔다. 나는 테헤란로를 지나가는 자동차들을 본 순간 어지럽고 긴장이 되었다.

다음 목적지는 서울 소재 다른 대학병원이었다. 이모가 뇌혈관 시술을 받은 병원이기도 했다. 도착한 우리는 다시 한번 MRI 결과 CD 등록을 하고 어제 급히 예약한 신경외과 교수님을 만나러 갔다. 오늘 진료가 가능한 교수님을 그냥 지정한 것이었는데 진료실 앞 교수 프로필에는 해면상 혈관종이 전문 분야라고 쓰여 있었다. 이제는 익숙한 병명이었다.

내 병에 대해 완전히 다른 이야기는 없었다.
병변의 위치가 너무 위험하다는 것. 이 병이 생명을 위협하는 심각한 뇌출혈을 일으키지는 않지만 재발이 골치 아프다는 것. 혹시나 다른 의견을 내놓을까 했던 감마나이프 시술에 대해서는, 이 병에 별 효과가 없다는 것뿐이었다. 이 정도로 눈이 불편한 것으로 뇌를 가르고 수술을 하는 사람은 없다고도 했다.

'이 정도? 본인 눈이 아니어서 그러나 본데 불편한 것 이상이다. 많이 불편하다. 하지만 맞다. 수술은 당연히 말도 안 될 일이다.' 나는 생각했다.

'눈, 눈, 눈은요? 내 눈. 간절하게 그리운 선명했던 내 눈.'

신경이 잠시 눌린 것이라면 돌아올 수도 있는데 손상이 된 것이면 돌아오기 힘들다고 했다. 그리고 CT 촬영이나 MRI로는 신경이 눌렸는지 손상이 된 건지 여부는 파악이 어렵다고도 했다. 눈이 어떻게 될지는 아무도 모르는 것이었다. 현재 상황에서는 지켜보는 것 말고 별달리 할 수 있는 것이 없다는 것이 교수님의 결론이었다.

나는 세상이 뒤바뀔 정도의 기적이 일어나지 않는 이상, 내 병과 문제에 대해 더는 다른 의견이 없다는 것을 이제 인정하게 되었다.

나는 2주의 휴가 동안 친구와 함께 등산을 하고 맛있는 음식도 먹으러 다니면서 여유로운 시간을 보냈다. 매일 아침 일어날 때마다 기적을 기대하면서 눈을 뜨기도 했다. 나는 회사에 추가로 2주의 휴가를 더 내고 유명 대학병원 한 군데를 마지막으로 가보기로 했다. 12월 중순에 있었던 친척 모임에서 만난 친척들의 권유가 있었다. 나 역시도 혹시나 하는 마음이 있었다.

마지막 희망을 품고 방문한 서울 소재 또 다른 대학병원에서 만난 의사는 처음 병원에서의 MRI 판독 결과가 맞는 것으로 보인다고 말했다. 그리고 다시 한번 눈은 그 누구도 알 수 없다고도 했다. 나도 의사가 신이라고 생각한 것은 아니었다.

나는 물었다.

"회사에 복귀하고 싶은데 괜찮을지…."

"복귀하고 싶으면 복귀하세요. 이게 뭐 무리를 한다거나 해서 재발하고 그런 것은 아니에요. 6개월 안으로 재발하지 않으면 재발은 거의 하지 않는다고 보시면 됩니다. 6월쯤 다시 오셔서 MRI를 한번 찍어보고 그 후에 추적 관찰은 근처 작은 병원에서 하셔도 됩니다."

그래도 오늘은 약간의 성과가 있다는 생각이 들었다. 나는 평소 유별날 정도로 건강이나 자기 관리에 신경 썼었다. 그런 이유인지 내 외모는 나이에 비해 어려 보였다. 내가 느끼는 몸의 상태와 효율 또한 항상 최적화되어 있었다. 그래서 뇌출혈 진단 이후, 이제까지 해왔던 건강관리와 마인드 관리 따위가 의미가 없었다는 생각에 허탈한 마음이 들었다. 하지만 나는 의사가 설명하는 내용이나 뉘앙스에서 별문제가 아닌 것 같다는 느낌을 받았다.

'그럼 그렇지. 난 여전히 내가 느끼는 대로 건강한 사람이고, 눈도 곧 괜찮아질 거야.'라며 안도했다.

돌아오는 길에 좋아하는 잔치국수를 한 그릇 먹고 나서 기분이 산뜻해졌다.
'다 괜찮을 거야.'

3주차, 고향 -

가족들과
휴가를 보내다

총 4주의 휴가가 끝나기 일주일 전 어느 날, 상무님께서 전화하셨다. 상무님은 내년도 예산작업이 곧 마무리되어 가는데 1월 초에 며칠이라도 회사에 나왔다가 다시 쉬는 게 어떻겠냐고 물으셨다.

최근 웹서핑을 하면서 긴 글을 이해하는 것이 힘들다고 생각했다. 글을 읽을 때 어떤 글자인지 파악하기 바빠 전체적인 문맥 파악이 힘들었다. 한글을 읽는데 영어 문장을 읽는 것처럼 버벅대며 이해하는 것도 느꼈다. 그런 이유로 자신감이 떨어지고 울적한 마음이 있었다.

그런데 상무님께서 회사에 빨리 복귀해주기를 원하니 '역시 난 회사에서 꼭 필요한 사람이야.' 하는 뿌듯함과 불타는 책임감이 샘솟았다. 설레는 마음으로 상무님의 제안을 받아들였다.

의사도 그랬다. 일하고 싶으면 하면 된다고!

그런데 생각해보니, 앞선 3주간의 휴가는 인생에서 예상치 못한 뇌 질환으로 정신없이 지나간 날들이긴 했으나 예정에 없던 긴 휴식이기도 했다. 이런 휴가가 마무리되어가고 있으니 조금 아쉬운 마음이 들었다. 회사 복귀 전 가족들과 시간을 보내고 싶은 마음이 들었다. 나는 다음 날 일어나자마자 기차를 타고 고향 집으로 내려갔다.

기차역에 아빠와 여동생이 마중 나왔다. 걱정스러운 표정의 그들은 근처 맛집으로 나를 데려갔다. 음식을 잔뜩 시키고는 잘 먹어야 한다고 했다. 아빠는 겉으로 봐서는 눈이 도대체 어떻다는 것인지 모르겠지만 딸이 뇌출혈 어쩌고 하니 걱정스러운 얼굴을 펴지 못하셨다.

나는 고향 집에 갈 때면 주말부부인 동생네 집에서 지낼 때가 많았다. 그날은 마침 여동생 집에서 연말파티를 할 계획이어서 우리 가족은 케이크를 사 들고 동생네 집으로 향했다.

그날부터 나는 동생 집에서 쭉 연말 휴가를 보냈다. 조카들과 눈싸움을 하고 퍼즐도 맞추면서 원 없이 즐거운 시간을 보냈다. 물론 아침에 눈을 뜰 때마다 조마조마한 마음으로 눈의 상태를 살피는 것도 빼놓을 수 없었다. 나는 아침마다 좌절했지만, 다시 불안한 마음을 잠재우고 즐거운 하루를 보내곤 했다.

하루는 아침에 눈을 뜨자마자 버킷리스트 중 하나인 '조카들과 서울에 있는 아쿠아리움 가기'를 실행에 옮겨야겠다는 생각이 들었다. 그 계획은 두 조카 모두가 기차여행을 할 정도의 충분한 나이가 되어야만 가능한 일이었는데, 며칠 후 조카들이 각각 6세, 7세가 되니 드디어 오랫동안 고대하던 때가 온 것이었다. 나는 여동생과 당일치기로 멋진 여행을 성사시켰다.

회사 복귀 전 가족들과 최대한 많은 시간을 보내겠다는 내 계획은 만족스럽게 잘 되어가고 있었다.

5주차, 재발 -

앗!
재발이다!

한 해의 마지막 날이었다.

나는 서울에 볼 일이 생겨 당일치기로 몇 가지 일정을 소화하고 밤늦게 기차를 타고 동생 집으로 왔다. 그날은 일정이 빠듯해서 제때 식사를 하지 못했다. 배가 고픈 상태로 들어왔는데 동생 집에 먹을 거라곤 동생이 조카들과 먹고 남은 치킨밖에 없었다. 밤이 늦은 시간이라 치킨 두어 조각만 먹고 샤워를 한 후 조카들 옆에서 잠을 청했다.

나는 새벽에 변의가 느껴져 눈을 떴다. 화장실에 가려고 일어나다가 다시 스르르 주저앉았다.

"아! 머리야!!!"

머리가 아팠다.

성인이 된 후로 두통을 겪어본 적이 거의 없었다. 하지만 이것은 눈이 빠질 것 같은 극심한 두통이었다.

나는 속이 불편해 화장실을 가려고 시도했지만 계속해서 쓰러졌다. 커튼 사이로 들어오는 햇살은 견딜 수 없을 정도로 눈부셨다. 참을 수 없는 두통과 눈부심에 고통스러운 나는 조카에게 신경질적으로 소리쳤다.

"재성아! 커튼 좀 닫아 봐!"

그런데 이놈! 잘해줄 때는 좋다더니.

조카는 신경질적인 내 말투가 싫었는지, 제 엄마한테 "엄마 이모 언제 가?"라고 투정했다. 나는 정신없는 이 와중에도 조카에게 서운한 마음이 들었다.

동생에게 말했다.

"민지야. 나 화장실에 가고 싶어. 그런데 몸이 이상해. 걸음을 못 걷겠어. 나 좀 부축해줘."

"왜 그러지?"

하면서 동생은 화장실까지 나를 부축해 데려갔다.

변기에 앉았는데 왼쪽 팔도 축 늘어진다는 것을 그제야 알게 되었다. 대변을 볼 힘이 없었다. 앉아 있을 힘도 없었다. 어디가 아픈 건지 모르겠지만 그냥 견딜 수 없었다.

"민지야, 나 다시 나갈래."

동생이 나를 부축해서 화장실에서 데리고 나가자, 나는 조금도 가지 못하고 거실 앞에 그대로 누워버렸다.

그때 갑자기 생각이 났다.

'이게 의사들이 말했던 마비라는 거구나. 재발이다! 첫 번째로 갔던 대학병원에서 무슨 일이 생기면 응급실로 오라고 했었어. 그 얘기를 나는 대충 들었어.'

사실, 오늘 일이 내 상상의 범위 안에 있지 않았기 때문에 꼼꼼히 들었든 대충 들었든 따로 준비할 일은 없었을 것이었다. 하지만 이제 알겠다는 생각이 들었다. 이런 상황이 생길 것을 모두들 예상했던 것이었다.

나는 동생에게 핸드폰을 달라고 해 상무님께 전화를 걸었다. 이틀 후에 회사에 복귀하기로 되어 있었다. 앞으로의 상황이 어떻게 될지 모르니 지금 얘기하는 것이 나을 것 같았다.

"상무님, 오늘 뇌출혈이 재발했어요. 월요일에 회사는 못 나갈 거 같아요."

그런데 내 발음이 이상한 것 같았다.
나는 곧바로 동생에게 말했다.

"민지야, 엄마 아빠한테 전화해서 여기로 오라고 하고 119도 좀 불러 줘."

놀란 얼굴로 부모님이 들어오셨다. 그리고 곧바로 젊은 119 대원 2명이 구조용 들것을 들고 들어왔다. 내 인생의 한 장면이 되리라고는 상상도 못 했던 상황들이었다.
구조대원들은 내 몸을 조심스럽게 들것에 눕히고 고정했다. 그리고 들

것을 들고 집을 나가면서 긴박한 목소리로 물었다.

"본인의 발음이 어눌하다고 생각하세요?"

"네~에."

내 억양과 발음은 TV에서만 봤던 뇌성마비 환자의 그것이었다.

5주차, 중환자실 -

내 목걸이랑
팔찌는 어디 있어요?

그다음부터 정신이 없었다. 고향 시내의 종합병원 한곳에 도착했다. 그리고 곧 중환자실로 이동됐다. 산소 공급을 위해 콧줄을 코에 꽂고 난생처음 소변줄이라는 것도 꽂았다. CT 촬영을 몇 차례 하는 것 같았다.

중환자실에서의 기억은 2~3가지 정도였다. 팔로 들어가고 있는 링거액들 때문인지 다행히 두통은 조금씩 나아지고 있었다. 몸이 마비되어서 마음대로 움직이지 못하고 한 자세로만 누워 있으니 온몸이 불편했다. 엄마가 빨리 왔으면 좋겠다고 생각했다. 하지만 중환자실은 보호자가 들어올 수 없었다. 나는 주기적으로 물었다.

"지금이 몇 시예요? 지금이 낮이에요, 밤이에요?"
"보호자는 언제 와요? 저 여기 언제까지 있어요?"

간호사들은 불편한 곳이 있으면 자세를 바꿔줄 테니 얘기하라고 했지만 나는 그렇게 할 수 없었다. 내 옆에 있는 아저씨가 몸이 많이 불편한지 간호사들에게 계속해서 욕을 해대고 있었기 때문이었다.

간호사가 아침저녁으로 내 몸 상태를 확인했다.

"다리 들어보세요."

나는 다리를 위로 살짝 들었다. 최선을 다했다.

"팔 올려보세요."

"팔은 안 돼요."
팔은 꼼짝도 하지 않았다.

중환자실에 있는 동안 내가 했던 대부분의 생각과 걱정은 이런 것들이었다.

'엄마가 CT 촬영 전에 가져간 내 목걸이와 팔찌는 잘 보관했을까? 어디에 놔두었을까? 내가 중환자실에 갇혀 있는데 핸드백과 가져온 짐들은 누가 잘 챙겨 놓았을까?'

종일 누워 있었기 때문에 몸이 불편했지만, 몸 한쪽이 마비되었다는 것과 내 현실이 곧바로 연결되지는 않았다.

다행히 나는 중환자실에서 오랜 시간 있지 않았다. 이틀뿐이었다. 그리고 일반 병실로 옮겨졌다. 일반 병실로 옮겨져 엄마를 만나자, 나는 엄마와 떨어졌던 아기처럼 안도했다. 생각하고 말하는 데 문제가 없으니 하고 싶은 얘기, 궁금한 것이 한가득인 데다 불편한 중환자실에서 이틀 내내 누워만 있다가 일반 병실로 오니 나는 심지어 신이 나 보였다. 어눌한 발음이지만 친한 친구들에게 전화해서 이 놀라운 일을 알렸다. 그렇게 잠시 시간을 보내고 있는데 담당 의사 선생님이 진료실로 나를 불렀다. 중환자실에 들어간 날은 주말이었다. 그런데 일반 병실에 오니 월요일이 되어 출근한 의사를 바로 만날 수 있게 되었다.

일반 병실로 옮겨진 후의 내 상태를 말하자면, 다리는 노력하면 살짝

들 수 있으나 팔을 드는 것은 훨씬 힘들었다. 손은 주먹을 쥔 듯이 오그라들어 있었다. 오그라드는 힘이 강해서 손가락을 펴려면 오른손으로 힘을 들여야만 펼 수 있었는데, 이마저도 펴놓기가 무섭게 다시 오그라들었다. 두통은 거의 없어진 듯했으나 균형 감각이 부족했다. 휠체어를 탈때는 엄마가 신발을 신겨주면 조심스럽게 일어서서 휠체어에 앉곤 했다. 하지만 스스로 뭐든 하고 싶은 마음에 혼자 신발을 신으려고 몸을 조금기울이면 앞이나 옆으로 쓰러질 것 같아서 조심해야 했다. 나는 엄마와함께 담당 의사 선생님을 만나러 갔다.

진료실에 가니 의사 선생님은 서울에서 급히 보낸 내 MRI 사진을 보고있었다. 나는 간단하게 재발 전의 상황에 대해서 의사에게 설명했다. 얘기를 들은 의사 선생님은 소견서를 쓸 테니 서울 ○○ 병원에 가서 수술을 받으라고 말했다.

나는 이 얘기가 별로 내키지 않았다. 회피하고 싶은 마음에 방사선 시술 여부며 재활을 언급했다. 이미 몸이 이렇게 되었는데 왜 무서운 수술까지 해야 하는지 이해가 가지 않았다. 일반 병실로 오자마자 개인적으로 알고 있는 물리치료사에게 메시지를 했었다. 물리치료사는 본인의 전문 분야는 아니지만, 재활은 빨리 받을수록 좋다고 얘기했다. 나는 재활치료를 하고 빨리 예전의 몸으로 돌아가고 싶었다.

하지만 의사는 예를 들어 설명했다.

"이 혈관 기형이 처음 출혈이 되었을 때 재발할 확률이 20%라고 가정한다면, 그다음에는 재발할 확률이 30%가 되는 식으로 계속 확률이 높아집니다."

그래서 의사 선생님은 반드시 수술해야 한다고 했다.

'아우, 뭐 이런 게 다 있어.'
나는 정말 짜증이 났다.

더군다나 병변 위치가 너무 깊숙한 곳이기 때문에, 수술 과정에서 아예 다른 뇌 조직을 건드리지 않고 수술하기는 힘들겠다고도 덧붙였다. 이러 이러한 경로로 들어간다면 다른 조직을 최소로 건드리며 수술할 수 있을 것 같다고 의사 선생님은 자신의 의견을 말했다. 나는 자꾸 모른 척하며 재활에 관해서만 얘기했고 의사 선생님은 지금은 재활보다는 안정이 필요한 때라고 했다.

[재발 열흘 전 사촌 언니와]

나는 다시 빛날 거야

6주차, 몽환 -

나는 너무
안일하게 살았어

일반 병실로 나온 첫날, 나는 잠을 자려다가 문제가 한 가지 더 있다는 것을 알았다.

도무지 잠을 잘 수 없다는 것이었다. 엄마는 잠을 못 자서 괴로워하는 나를 휠체어에 태우고 병원 복도와 밖을 하염없이 돌아다녔다. 마치 잠투정하는 갓난아이를 달래는 것 같았다.

그다음 날부터 나는 살면서 처음으로 신경안정제라는 것을 먹기 시작했다. 의사 선생님은 뇌를 다치면 원래 초기에 잠을 잘 자지 못한다고 했다. 밤에 잠을 자지 못하고 새벽녘에야 겨우 잠자리에 들다 보니 낮에는 몽환 상태가 된 듯 이런저런 생각의 늪에 빠졌다. 일반 병실로 온 기분 좋은 흥분은 이미 사라졌다.

나는 이제까지의 삶이, 성인이 된 이후의 삶이 파노라마처럼 스쳐 지나가는 경험을 했다.

5년 전쯤 같은 건물에 살고 있던 한 젊은 아저씨가 떠올랐다. 걸음걸이와 몸의 움직임이 좀 이상했던 아저씨였다. 그 아저씨를 볼 때마다 이상하다고 생각했는데 그 모습이 내 미래의 모습이었다니. 대학 때 첫사랑 오빠도 생각났다.

'오빠…. 린다가 이렇게 됐네. 린다가 열심히 살았는데 이렇게 돼버렸어. 앞으로 내 삶은 어떻게 되는 걸까? 하느님, 저는 어떻게 되는 것일까요? 저는 이제 그냥 망한 건가요?'

나는 욕심 많은 사람이 아니었다. 나는 감사할 줄 알고 작은 일에도 행복을 느낄 줄 아는 사람이었다.

'그런데 다른 사람도 아닌 내가 왜 이렇게 되었을까? 이 경험을 통해서 뭘 알아야 할까? 이 엄청난 경험 속에서 무엇인가를 깨닫긴 하겠지. 그런데 그것들이 제아무리 대단할지라도 내 몸은? 이미 망가졌잖아. 내 몸은 인생에서 너무 중요한 것이야. 나는 최소한 정상적이고 자유로운 몸의 움직임이 필요해. 깨닫는 건 꼭 이런 걸 통해서가 아니어도 되잖아. 내 몸은 결국 어떻게 되는 것일까?'

아무리 노력해도 궁극적으로 긍정적인 생각을 한다는 것은 어려웠다.

'나는 큰 사람이 돼야 한다. 이 엄청난 대가를 치르는 이유가 있을 것이다. 그런데 그래도 좀 억울하다. 내 주변에서 이런 일을 겪은 사람을 보지 못했다. 내 주변의 주변에서도 본 적 없다. 그렇다면 확률적으로 보았을 때 꽤 낮은 확률일 텐데 왜 그게 나일까? 하늘이 원망스럽다.'

하지만 한편으로 이런 생각도 들었다.

'낮은 확률의 불행에, 내 주변을 통틀어 내가 당첨되었어. 그렇다면 그 불행이 우리 가족에게까지 손을 뻗칠 수도 있는 확률이었다고 생각해보자. 만약 우리 가족 중 누군가 이 불행에 당첨되어야 한다면 그 사람은 나인 게 맞아. 이건 아무나 할 수 있는 게 아니야. 이건 너무 어려운 것이고 우

리 부모님은 너무 늙었고 동생들은 너무 약해. 이건 나만 할 수 있어.'

이건 또 무슨 말도 안 되는 자신감? 세상일 혼자 다 하려고 하는 쓸데 없는 책임감이 여기서도 발동됐다.

'슬프지만 이건 내가 하는 게 맞다….'

또 이런 생각도 들었다.

'나는 지금까지 너무 안일했어. 나는 잘 걸을 수 있었고 몸이 불편한 곳도 없었어. 그런데 나는 열심히 살지 않았어. 최선을 다하지 않고 산 거야. 내가 할 수 있는 100%를 하지 않고 살았어. 뭐든지 할 수 있는 완벽한 몸을 가졌는데도 아무것도 하지 않은 꼴이야. 만약 다시 몸을 자유롭게 움직일 수 있다면 뭐든지 할 수 있을 거 같아.' 하는 생각이었다.

직업에 관한 생각도 있었다. 내가 입원한 병원은 '환자들에게 친절한 병원'을 슬로건으로 내세운 병원이었다. 이 엄청나고 당혹스러운 경험을 하는 나에게 간호사들은 너무 따뜻한 사람들이었다.

나는 생각했다.

'내가 하는 일과 직업은 그냥 물건을 파는 일이었는데…. 다른 사람들은 남을 위해서 일하는구나. 간호사도, 의사도. 다 나으면 나도 다른 사람들을 위해서 일하는 직업을 갖고 싶다.' 한 번도 다른 직업군과 다른 직업을 가진 사람들에 대해서 생각해본 적은 없었다.

좋은 생각을 하려고 억지로 노력한 것이 아니었다. 저절로 드는 생각들이었다.

6주차, 몽환 -

나도 저런 가정을
이루고 싶다

병원에 입원하는 동안 엄마와 아빠는 번갈아가면서 내 간호를 맡으셨
다. 고향 집에 내려가 있는 동안 재발해 부모님의 보호를 받을 수 있는
나는 얼마나 다행이었던가.

재활병원에서 만난 한 싱글 아저씨는 화장실에서 쓰러진 후 오랜 시간
이 지나고 발견되었다고 했다. 나는 정말 불행 중 다행, 불행 중 행운이
었다. 부모님은 그날 이후 합심해서 맡은 바 역할을 정하고 척척 해내셨
다. 그 모습을 바라보는데, 내가 흡사 그들의 어린 딸 같다는 생각이 들

었다.

그들은 어리고 아픈 딸을 돌보는 결혼한 지 얼마 안 된 사랑이 넘치는 젊은 부부처럼 보였다.

'아, 40년 넘게 산 부부의 모습은 저런 것이구나. 맨날 티격태격 싸우시는 줄만 알았는데 어려움과 역경이 있을 때 저렇게 힘을 합쳐 이겨나가시는구나. 저런 게 부부고 가족인 거구나. 나도 저런 가정을 이루고 싶다.'

신기했다. 미혼인 내가 그런 생각을 한 것은 처음이었다. 그리고 태어나 처음으로 부모님을 존경한다는 마음이 들었다. 살면서 존경이라는 단어로 부모님을 표현해본 적 없었다. 아빠는 가난한 공무원이셨고, 엄마는 그저 순종적이고 가정적이기만 하셨다. 나는 가난한 공무원이 싫어서 행정학과를 나오고도 공무원 시험을 보지 않았다.

30년 동안 가족을 먹여 살리기 위해 일하신 아버지가 대단하시다고 생각한 적은 많았지만, 부모님은 돈 많고 성공한 사업가도 아니었고 존경받는 의사나 교수도 아니었다. 존경이라는 단어는 그런 표면적인 큰 타이틀이 있는 부모님에게나 쓰는 것인 줄 알았다.

그러나 나를 위해 일사천리로 움직이는 그들의 모습을 보면서 자연스럽게 부모님을 존경한다는 생각이 들었다.

사실 이것이 부모님에 관한 생각 전부는 아니었다. 나는 한 가지 충격적인 사실을 발견했다. 어릴 때부터 나는 까칠하고 매사 가부장적인 아빠가 나쁜 편, 항상 당하는 것처럼 보이는 엄마는 불쌍한 착한 편이라고 생각했다. 그래서 나는 엄마와 아빠가 갈등이 있을 때 전적으로 엄마 편이었다.

그런데 두 분이 일하는 모습을 가까이서 유심히 보니 상대적으로 꼼꼼하고 일 처리가 확실한 아빠에 비해 엄마는 일 처리가 상당히 허술한 편이셨다. 꼼꼼한 아빠가 보기에 엄마는 좀 답답해 보일 수 있는 사람이었던 것이었다. 태어나서 처음으로 아빠 입장에서 생각이란 것을 해보게 되었다. 평생 내 머릿속에 진실과도 같았던 생각을 다시 보게 되었으니 나에게는 충격적인 일이 아닐 수 없었다.

입원한 지 일주일쯤 지나자, 의사 선생님은 나에게 하루에 한 번씩 재활센터에 내려와 재활 치료를 할 것을 허락했다.

재활 치료는 코끼리라는 자전거를 타는 것, 치료사 선생님과 매트 위에서 운동하는 것, 팔과 다리에 패드를 부치고 신경을 자극하는 전기 치료, 마지막으로 팔과 손을 사용하게 하는 작업치료로 구성되어 있었다.

　대부분의 급성기 환자들이 그렇듯이 발을 페달에 묶어놓고 자전거를 타는 것은 상대적으로 쉬운 편이었다. 하지만 움직임 대부분이 불가능한 나에게 운동 치료와 작업치료는 절망을 안겨주었다.

　입원 생활 내내 오전 오후로 간호사들은 끊임없이 나에게 지시했다.
　'팔 들어보세요. 다리 들어보세요.'
　의사 선생님은 회진을 돌 때 간혹 '손가락을 이렇게 움직이면 좋습니다.' 하고는 엄지와 검지를 만나게 하고 엄지와 중지를 만나게 하는 움직임들을 보여주었다. 하지만 이것은 너무나도 비현실적인 얘기였다.

　혼자 속만 끓이다 작업치료 선생님에게 "의사 선생님이 회진 돌 때 이렇게 해보라고 하는데 그건 말이 안 되는 거죠.!"라고 했다. 작업치료 선생님은 "아니, 환자들한테 그런 얘기 좀 하지 말라고 그렇게 얘기했는데 또 그러시네." 하고 내 편을 들었다.

　나는 신경외과 의사가 다 아는 것은 아니라는 생각이 들었다. 각자의 전문 영역이 있는 것이었다. 그 무렵 운동 치료와 작업치료 선생님은 내 몸 상태에 대해 가장 잘 아는 유일한 사람들이었다.

안타깝게도 담당 운동 치료 선생님이 코로나에 걸려 재활센터가 임시 폐쇄가 되면서 나는 일찌감치 퇴원하기로 했다. 재활 치료를 할 수 없다면 이 병원에 머무는 것이 의미 없다고 생각했다. 서울에 있는 병원에서 수술 여부를 상담해야 하는 일정도 며칠 후로 계획되어 있었다. 내가 퇴원하겠다고 하자 의사 선생님은 마지막으로 CT를 찍어보자고 했다. 이때는 재발한 지 3주에 가까운 시간이 흐른 때였다. CT 촬영 결과를 확인한 의사 선생님은 뇌의 부기가 가라앉았고 출혈도 많이 흡수되어 있다고 했다.

왠지 기분상으로도 처음과는 몸 상태가 조금 달라진 것 같다는 생각이 들었다. 하지만 여전히 균형 감각이 없어 왼쪽으로 몸을 살짝만 기울이면 옆으로 쓰러지곤 했다. 손을 씻으려고 오른손으로 왼손을 세면대 위에 올려놓으면 힘없이 다시 아래로 툭 떨어지기 일쑤였다.

7주차, 퇴원 -

휠체어를 탈 생각은
추호도 없어요

퇴원하는 날은 더 나아진 상태를 기대했건만, 아빠 차 뒷좌석에 타자마자 내 몸은 한쪽으로 기울어졌다. 아빠가 잠시 휠체어 구매를 알아보러 차에서 나가시는 동안 나는 혼자 차에 남겨져 있는 것이 얼마나 불안하고 무서웠는지 몰랐다.

집에 오자마자 엄마가 깔아놓은 매트 위에 생각 없이 전처럼 무릎을 대고 걸으려고 했다. 그리고는 왼쪽으로 픽 쓰러졌다. 당시에는 내 몸의 상태에 대해, 그리고 이 병에 대해 익숙하지 않았다. 병원에서 휠체어로 화장실을 다니던 것 때문에 아빠는 자꾸 휠체어를 사려고 하셨다. 하지만 나는 휠체어를 탈 마음이 추호도 없었다.

나는 아빠에게 단호하게 말했다.
"아빠 저는 걷는 게 목표예요. 휠체어를 탈 생각은 추호도 없어요."

당연히 휠체어 구매를 강력하게 반대했다. 이상하고 경우 없는 걸음이지만 화장실에 갈 수 있으니 내가 곧 걸을 수 있을 것처럼 느껴졌다.

발음은 말을 많이 하지 않을 때는 조금 조절할 수 있는 정도는 되었다. 하지만 말을 많이 하거나 조금만 흥분된 상태가 되면 더는 전처럼 자유자재로 말을 가지고 놀 수 없게 되었다. 엄마는 내가 말을 너무 급하게 한다고 뭐라고 하셨지만 사실 발음, 속도, 목소리, 높낮이 모든 부분에 있어서 조절 능력을 잃은 것이었다. 아무리 얘기해도 몰라주는 엄마가 야속했다.

그래도 집에 오고 며칠이 지나니 세면대에 왼손을 올려놓으면 더는 아래로 떨어지지 않았다. 옆구리에 오그려져서 딱 붙어 있던 팔도 조금씩 떨어졌다.

하루는 고향에 사는 친구에게 전화가 왔다. 성인이 된 이후 얼굴을 보기 힘든 친구였다. 오랜만에 연락된 친구에게 내 모습을 보이고 싶지 않았다. 하지만 한편으로는 사람이 그리웠다. 집으로 병문안을 온 친구는 나를 위로하면서 젊으니까 재활하면 좋아질 거라고 했다. 그리고 놀랍게도 친구는 자신의 언니가 장애아를 키우고 있다고 말했다. 아이를 출산할 때 병원 측의 실수가 있었다고 했다. 아이가 어릴 때부터 재활한다고 언니가 고생을 많이 했다고도 했다. 지금도 아이 상태가 여전히 좋지 않지만 모든 것을 받아들이고 난 언니는 그 어느 때보다 행복해한다고 했다.

친구의 언니는 특별한 사람이었다. 어릴 때 날씬하고 옷 잘 입는 그 언니를 보면서, '언니는 날라리일 거야.'라고 생각했었다. 하지만 어느 날, 언니와 짧은 대화를 하게 되었고 '언니는 좀 신기한 사람이다.'라고 생각하게 되었다. 어린 마음에 그것이 무엇인지 정확히 몰랐지만 요즘 식으로 말하자면 언니는 '아우라가 있는 사람'이었다. 인자한 부처님 같은 아우라가 있는 사람이었다. 그런데 언니가 장애아를 키우고 있었다니….뭔가 언니 같은 사람이, 아니 언니만이 할 수 있는 것 같다는 생각이 들었다.

'그런데 그런 상황에서 받아들인다는 것은 무엇이고 언니가 행복하다

는 것은 도대체 어떤 것일까?'

나도 궁금해졌다.

그리고 나도 상황과 관계없이 행복한 사람이 되고 싶었다.

9주차, 서울로 -

오랜만에
기차를 타다

나는 아침 일찍 일어나 샤워를 하고 핸드폰 충전기와 세면도구, 잠옷을 챙겼다. 우리 가족은 이른 시간으로 예약한 기차를 타기 위해 어두운 새벽부터 캐리어를 끌고 집을 나섰다. 긴장되었다. 아빠 차에서 내려 기차역까지 걸어야 했다. 생각할 것들도 너무 많았다.

'예약해 놓은 휠체어 서비스는 문제없이 잘될까? 기차 안에서 화장실에 가고 싶으면 잘 갈 수 있을까? 용산역에 도착했을 때는 어떨까? 수술은 하지 않을 수도 있겠지? 그래, 난 이대로 재활을 하면 잘할 수 있을 것

같아. 원하는 재활병원에서 진료를 받고 입원도 할 거야. 다 잘될 거야.'

이른 새벽이고 월요일이라 그런지 기차역에는 사람이 거의 없었다. 작은 기차역이었기 때문에 직원들은 내 예약 사실을 거의 다 알고 있는 듯했다. 역 직원들은 엄마 손을 잡고 아슬아슬하게 걸어오는 나를 보자마자 일사불란하게 움직였다. 한 직원은 먼저 일반 기차로 예약한 내 기차표를 장애인 할인 기차표로 바꿔 결제하는 것을 도와주었다.

잠시 후, 역 직원 한 분이 기차역에서 구비하고 있던 휠체어 한 대를 가져왔다. 나는 곧 휠체어를 탔고 역 직원은 나를 빠르게 기차 플랫폼까지 이동시켰다. 마지막으로 역 직원은 타야 할 기차 문에 후다닥 리프트를 설치했다. 내가 탄 휠체어는 리프트로 기차에 올려졌다.

우리는 자리를 찾아 앉았다. 나는 한 달 만에 처음으로 가벼운 화장을 하고 편안한 외출복도 입었다. 아주 오랜 기간 서울과 고향을 왔다 갔다 하며 편안한 여행을 즐기던 기차도 탔다. 늘 타던 기차를 탔지만, 오늘 내 모습은 여느 때와는 달랐다. 아직은 순조로웠지만 앞으로 헤쳐 나가야 할 수많은 과제가 있었다. 앞으로의 여정에 관한 생각들로 기차를 타고 가는 내내 마음이 무거웠다.

대전역에서 휠체어를 탄 젊은 여자와 엄마 보호자가 옆 좌석에 앉았다. 그 여자는 오랫동안 휠체어를 타 왔는지 익숙하고 자연스러워 보였다. 나는 그 모습이 좋아 보였다. 그 여자가 양손을 자유롭게 사용하는 것도 부러웠다.

'나는 어떻게 되는 것일까?'

도중에 엄마와 화장실도 다녀왔다.

'그래, 나는 걷는 거야. 난 걸을 수 있어. 이렇게.'

용산역에 도착했다.

용산역의 젊은 공익요원은 휠체어에 나를 태우고 크고 복잡한 용산역을 능숙하게 움직였다. 그리고는 순식간에 작은 아빠가 기다리고 있는 곳으로 나를 데려다 놓았다. 내가 몰랐던 세상에 대해 한 번 더 감탄했다.

나는 공익요원이 멈춰놓은 휠체어에서 일어나 작은 아빠 차로 한 걸음 한 걸음 걸어갔다. 그 모습을 보신 작은 아빠와 작은 엄마는 걱정했던 것보다는 괜찮아 보인다며 안심하셨다.

차에 타자 작은 아빠가 얘기하셨다.

"벌써 몇 년 전 일인데, 작은 아빠가 같이 일하던 직원 중에 한 명이 일하다가 갑자기 쓰러진 거야. 작은 아빠가 강북에 있는 ○○병원으로 차를 몰고 데려갔는데, 병원에서 급하게 수술을 해야 된다네? 그런데 그 직원 집에 아무리 연락을 해도 전화를 받질 않는 거야. 병원에서는 빨리 수술을 해야 한다고 하고. 어쩔 수 없이 나를 보호자로 해놓고는 수술 동의서에 내가 사인까지 했다니까. 그렇게 그 양반이 수술하고 재활도 열심히 했는데 지금은 걸을 때 다리를 조금 저는 것 말고는 멀쩡해! 그 양반이 어찌나 열심히 했는지 집에 놀러가서 보면 집을 재활치료실처럼 꾸며 났더라고. 지금은 운전도 하고 일도 다 해. 작은 아빠는 너도 그렇게 다시 정상으로 될 거라 믿는다. 그리고 너희 아빠, 엄마 같은 헌신적인 부모님이 계시는데 네가 뭐가 걱정이니. 우리도 있고. 너무 걱정하지 마라. 린다야."

'그렇지 우리 엄마, 아빠 같은 부모님이 계시지. 정말 다행이야.'
나는 생각했다.

9주차, 대학병원 -

몸이
불편해지셨나요?

나는 엄마, 아빠, 작은 엄마, 작은 아빠 총 네 분의 보호 아래 드디어 병원에 도착했다. 병원 안에서 걷고 싶은 의욕이 가득했지만, 사람이 많은 이곳에서 그리고 긴 거리를 걷는다는 것은 오히려 부모님을 더 귀찮게 하는 일이었다. 나는 잠자코 휠체어에 앉았다.

오후 2시가 오늘 예약된 진료 시간이었다. 고향의 병원에서 대신 예약해준 날짜와 시간이었다. 예약이 되어 있는 담당 교수는 한 달 전 고향집에 내려오기 전 만났던 분이셨다. 교수님이 나를 보고 어떻게 생각하실지 궁금했다.

"아, 아니, 몸이 불편해지셨나요?"
나를 기억하고 있는 교수님이 놀라신 듯했다.

"네, 병원 다녀가고 일주일 후에 재발했어요."
나는 씁쓸한 마음으로 대답했다.

'왜 꼭 이렇게 됐을까…'

교수님은 이렇게 빨리 재발이 되는 경우는 잘 없다며 당혹해하셨다.

그때는 뇌출혈이 재발하고 몸이 마비된 지 24일이 지난 때였다. 나는 그간의 자연 회복력에 대해서 자랑했다. 팔이 아예 안 올라갔는데 이만큼 올라간다며 들어 보여주었고 균형 감각도 좋아졌다고 말했다. 나는 열심히 재활 치료를 하라는 얘기를 듣고 싶었다.

그런데 웬걸 교수님은 내 계획에 없는 이야기들을 꺼내놓기 시작하셨다.

"잠시만요. 집이, 집이 지방이신가요? 하루 이틀 안으로 정밀 검사를 위해서 입원하세요. 저희 병원에 이런 혈관종만 전문적으로 제거하는 의사 선생님이 계십니다. 자세한 것은 검사를 한 후에 선생님들하고 함께 의논을 해봐야겠지만 이제는 수술을 고려하는 것이 맞습니다."

수술이라니 청천벽력이었다.

입원은 바로 다음 날로 확정되었다. 나는 무언가에 홀린 듯 입원을 위해 근처 코로나 검사소에서 엄마와 코로나 검사를 했다. 이 검사 결과가 양성만 아니라면 나는 내일 입원하는 것이었다.

코로나 검사를 하고 작은 아빠 댁으로 가는 차 안에서는 내 눈 탓인지 기분 탓인지 서울 거리가 어둑어둑하고 아름답지 않았다. 하늘에서 슬픈 음악이 내리는 것 같았다.

세상이 멈춘 듯 '삐–.' 하는 소리가 들리는 것 같기도 했다. 차 안에서 어쩔 수 없이 다음 날로 예약해 놓은 다른 대학병원의 재활의학과 진료를 취소해야만 했다.

우리는 경기도에 있는 작은 아빠 댁에 도착했다. 나는 작은 엄마가 진수성찬으로 차려놓은 저녁을 먹는 둥 마는 둥 했다. 머릿속은 온통 입원과 수술에 관한 걱정뿐이었다. 병원에 오기 위해 새벽부터 기차를 타고 여기저기 돌아다녔더니 너무 피곤했다. 나는 따뜻한 물로 샤워하고 일찍

잠자리에 들기 위해 잠옷을 입고 있었다. 그런데 고향 친구에게 전화가
걸려왔다.

"언니가 너한테 꼭 하고 싶은 말이 있다고 전화 좀 해달래."
뇌병변 장애가 있는 아이를 키우는 친구의 언니였다.

"언니, 잘 지내셨나요? 오랜만이에요. 제가 수술을 받아야 할 것 같아
요. 교수님이 집이 지방이냐고 물어보시더니 내일 당장 입원을 해야 한
다고 하셨어요. 정밀 검사를 하고 수술 여부를 결정해야 한다고 하시더
라고요. 그런데, 왠지 수술을 받게 될 것 같아요."

언니는 내 의중을 곧바로 눈치 챘다.
"린다야, 너는 천운이다. 대학병원 교수님들이 집이 지방이라고 해서
입원하게 해주고 그렇지 않아. 환자가 몇 명인데…. 대학병원은 그런 거
없어. 너 보고 당장 입원해서 정밀 검사를 받자고 하셨다는 건 그 교수님
이 너를 진짜 고쳐보려는 의지가 있다는 뜻이야. 린다야, 재활은 누구든
할 수 있는 거야. 지금은 적극적인 치료가 필요해. 수술해야 한다고 하면
수술하고 그다음에 재활해도 늦지 않아. 언니가 그 얘기를 꼭 해주고 싶
었어. 수술하고 나서 재활하면 젊으니까 금방 좋아질 거야. 언니가 기다
리고 있을게. 집에 놀러와서 보자!"

언니가 하는 말이 다 맞는 것 같았다. 사실, 엄마나 아빠, 나도 무슨 생각을 어떻게 해야 할지 몰랐다. 나는 이 확신의 조언이 필요했고 또 감사했다.

생각은
다 정상이라고요

코로나가 한창이었다.

입원 날짜를 받아놓고 들어가는데도 병원은 원치 않는 손님 맞는 듯했다. 채혈 등의 기본 검사를 마친 후 부모님과 작은 아빠, 작은 엄마와 늦은 점심을 먹었다. 그리고 부모님과 입원 절차를 밟으러 갔다. 나는 오늘 유일하게 가능한 신경외과 병동 2인실을 배정받았다. 이제부터 내 간병은 엄마의 독차지였다.

엄마와 병실에 도착해 환자복을 갈아입자마자 간호사실에서 나를 불렸다. 엄마와 함께 간호사실로 가니 책임감이 강해 보이는 간호사 한 명이 우리에게 다가와 말했다.

"잘 걸으시네요. 오늘 이린다님이 병원에 입원하시게 된 이유가 뭔지 아시나요?"

아슬아슬한 내 걸음걸이를 보고 걷는다고 표현해주는 것이 감사했다. 내가 아는 한 답변은 이것이었다.

"얼마 전 해면상 혈관 기형이라는 병이 재발해 몸이 마비되었고, 수술이 필요한지 확인하기 위한 검사를 받기 위해서 입원했습니다."

"네, 맞습니다. 오늘은 MRI 촬영이 있고요. 내일 아침 일찍 혈관 조영술이라는 검사가 있습니다. 이따가 주치의 선생님이 나오시면 검사에 대한 설명을 듣고, 동의서도 작성할 예정이에요. 혈관 조영술에 대한 간단한 동영상 자료는 핸드폰으로 미리 보내드리도록 하겠습니다."

그리고 간호사는 오늘 날짜를 묻는 질문부터 시작해 간단한 신체검사 후에 내 프로필을 작성했다. 잠시 후, 내 주치의라는 젊은 의사가 나를 면담했다.

주치의는 나에게 오늘이 몇 년도 몇 월 며칠인지 물었다.

'전 이상한 게 아니라고요. 제가 몸만 이렇지. 생각은 다 정상이라고
요.'

주치의는 또 질문했다.
"마트로 들어가서 살 수 있는 물건 15개를 얘기해 보세요."

순간 깨달았다. 나는 뇌가 다친 사람이었다. 필요한 모든 사항을 다 확
인해야 하는 것은 신경외과 의사의 기본적인 임무일 것이다. 기분 나쁘
게 생각하지 말자고 나는 생각했다.

주치의는 시야 장애가 발생했던 첫날부터 현재까지의 상황을 모두 세
세히 물어 기록했다. 팔다리, 안면 근육의 움직임도 확인했다. 내 눈 옆
에 손가락을 한 개 폈다가 두 개 폈다 하면서 오른쪽과 왼쪽 눈의 시야
수준도 확인했다.

그리고는 내일 예정된 혈관 조영술에 관해 설명하고 동의서를 받겠다
고 했다. 주치의는 간단한 일정과 어떤 의사 선생님이 이 시술을 진행할
지에 대해 설명한 후, 혈관 조영술에 관해서 설명을 시작했다.

혈관 조영술은 내 뇌혈관을 더욱더 정밀하게 파악하기 위하여 사타구니에 관을 삽입하여 조영제를 투여한 후, 내 뇌혈관을 입체적으로 촬영하는 검사였다. 주치의는 이 검사를 통해 내 뇌혈관 지도가 만들어질 것이라고 했다.

조금 더 편안한 검사였으면 좋았으련만, 관을 삽입하기 위해서 사타구니를 1cm 정도 칼로 찢을 것이라고 했다. 검사 과정에서 발생할 수 있는 부작용(예를 들어 시술 과정에서 혈전 발생으로 인한 뇌경색)의 가능성도 언급했다. 시술에 대한 설명을 들으니 '처음부터 이거 쉽지 않은데?' 하는 생각이 들었다. 검사를 하기 위해서 입원한다는 가벼운 마음으로 병원에 들어왔는데 사타구니를 칼로 째다니 나는 너무 걱정되었다.

"왜 하필 사타구니죠?" 나는 물었다.

사타구니를 찢는 이유는 몸의 혈관 중 하나인 대퇴동맥이 지나가는 자리가 거기 있어서라고 했다. 주치의는 혈관 조영술은 끝나고 나서 지혈이 아주 중요하다고 했다. 아무래도 몸에 있는 큰 동맥을 뚫었기 때문에 지혈이 잘되지 않으면 큰 출혈이 생길 수 있어서 그렇다고 했다. 그래서 시술 후 두세 시간은 꼼짝없이 누워 있어야 하고 다리를 구부려서도 안 된다고 했다. 지혈이 완벽하게 될 때까지는 화장실에 가지 못한다고 하니, 신경이 쓰이지 않을 수 없었다.

나는 엄마와 시술 동의서에 사인하고 입원실로 들어왔다. 혈관 조영술을 위해 필요한 준비를 하고 간호사실에서 보내준 안내 동영상을 보는데 적나라한 시술 과정 동영상에 겁이 났다.

'아니, 이런 걸 왜 이렇게 아무렇지도 않게 얘기하는 거야!'

나는 뇌혈관 시술 경험이 있는 이모에게 곧바로 전화했다. 이모는 내 주변의 유일한 뇌혈관 동지였다.

"이모! 혹시 혈관 조영술이라고 해보셨어요.?"
"해봤지!"
"그 사타구니를 칼로 째고 한다는 그거 맞죠? 어때요? 뭐 이거 하다가 뇌경색 발생할 수도 있고 그렇다는데."
"야야. 의사들은 별 무서운 소리를 다 한다. 그거 그냥 겁주려고 그러는 거다. 나 그거 몇 번은 해 봤다. 그런 거는 아무렇지도 않아. 나는 더 무서운 것도 해 봤다."

이모는 부산 사투리로 강하게 얘기하셨다.

'까짓것 나이 든 이모가 할 만하다는데.'

나는 어렵지 않게 마음을 놓아버렸다.

'앞으로 더 무서운 게 많을 수도 있는데 남들 다 하는 거 눈 딱 감고 하면 되지 뭐.'

9주차, 혈관 조영술 -

뇌 수술을
해야 한다고요?

다음 날이 되었다.

나는 간호사실에서 지시한 대로 아침부터 바지런히 시야 검사와 안과 진료를 하고 화장실도 여러 차례 다녀왔다.

나는 나이가 들고 빠릿빠릿하지 못한 엄마가 휠체어를 끌고 복잡한 병원 내부를 찾아다니는 것이 답답했다. 나는 위치 안내 사인을 보고 엄마에게 짜증내며 지시하곤 했다.

"여기잖아. 여기! 여기! 이쪽! 엄마가 너무 답답해서 내가 일어나서 걸을 거 같아!"

고향에서의 첫 병원에서부터 엄마는 휠체어 미는 것을 힘들어하셨다. 엄마는 "아이고 하느님, 조그맣게 태어나게 해주셔서 감사합니다."라고 혼잣말하시고 또 곁들였다.

"너니까 내가 이렇게 하지, 민지였으면 못했다. 이렇게 가벼운데도 힘드니."

나보다 키가 크고 몸무게도 많은 동생을 빗대어 얘기하는 것이었다.
이런 엄마에게 항상 미안한 마음이었는데 또 이렇게 짜증을 내고 있으니…. 짜증을 내고서는 곧바로 미안한 마음이 생겼다.

아침부터 병원 내부에서 시간을 너무 허비한 것 같았다. 빨리 시술을 받으러 들어가야 한다고 간호사실에서 연락이 왔다. 급하게 병실로 가 침대차로 옮겨 누워 시술실에 도착했다. 시술실 앞에는 아빠와 작은 아빠가 와 계셨다. 나는 긴장이 됐지만 "잘할게요. 아빠." 하며 강인한 모습을 보여드렸다.

간호사실에서는 시술하는 동안 양말을 신지 못하게 했다. 맨발로 침대에 누워 있는데 마비 측 발이 얼음처럼 차가웠다. 나는 차가운 발이 계속 신경 쓰였다. 시술할 때 더 긴장이 될까 봐 걱정이 됐다. 그런데 시술 준비를 하던 간호사가 발에 따뜻한 온풍기를 쐬어주었다. 곧 마음이 안정되었다.

편안한 마음으로 시작을 기다리고 있는데 시술하실 의사 선생님이 들어와 인사하셨다.

"안녕하세요. 이린다 환자님!"
엊그제 뵈었던 담당 교수님 목소리였다. 나는 반가운 마음이 들었다.

교수님의 시작 하겠다는 말과 함께 시술이 시작되었다.

먼저 오른쪽 사타구니가 알코올로 소독되고 관이 들어갈 자리에 마취 주사가 놓였다. 그리고 조금 있으니 칼로 뭉툭하게 살을 찢는 것이 느껴졌다. 다음은 카테터가 몸 안으로 들어와 쭉쭉 밀어 올려졌다. 카테터가 배를 지나 심장으로, 또 목구멍으로 들어가는 것이 느껴졌다. 차가운 조영제가 들어갈 때까지 별로 어려운 부분은 없었다.

"숨 들이마시세요. 숨 참으세요. 이제 숨 쉬셔도 됩니다."

나는 몇 차례 교수님의 지시를 착한 학생처럼 잘 따랐다.

긴장했던 첫 번째 난관은 대략 끝이 났다. 나는 모래주머니로 상처 부위를 누르는 지혈 작업을 하고는 병실로 옮겨왔다. 병실에 오자마자 최대한 지혈에 유리한 자세를 하고 누워 있는데 시술을 막 끝낸 담당 교수님이 숨이 찬 듯한 모습으로 들어오셨다.

"이린다 환자님, 병명은 일단 해면상 혈관 기형으로 판명이 됐고요. 해면상 혈관 기형으로 판명이 났습니다!"

교수님은 내 병명을 반복해 말씀하셨다.

'그만하라고요. 안다고요. 다른 게 또 뭐 있겠어요?'
명확한 병명부터 확정하고 일을 착수하는 것이 과학자인 그들에게는 중요하고 당연한 문제일 터였다.

"저희가 추가로 숨어 있는 기형 혈관이 있는지도 확인했는데요. 다행히 그런 것은 없는 것으로 확인됐습니다. 현재 발견된 혈관 기형은 해당 부위 한 곳뿐입니다."

'숨어있는 게 또 있을 수도 있다고? 그렇지. 그런 것도 확인해야지. 역시 철두철미한 브레인들이로군.'

"수술하실 의사 선생님하고 논의해봤는데요. 수술은 가능하다고 하셨습니다."

'아…수술.'
나는 실망스러운 듯 작은 한숨을 쉬었다.

내 마음이 얼굴에 드러났는지 교수님은 이렇게 얘기하셨다.
"이린다 환자님, 이제는 수술을 받으시는 게 맞습니다. 이미 두 번의 출혈을 했고, 두 번째 출혈은 출혈량도 상당히 많았습니다. 세 번째 출혈이 된다면 생명이 위험할 수도 있습니다. 지금은 리스크를 감수하고라도 수술을 하는 게 맞습니다."

엄마가 자신감 없는 목소리로 끼어드셨다.
"수술이라고 하면, 머리를 쪼개고 하는 그런 건가요?"

말주변이 없으신 엄마는 긴장하면 단어 선택이 늘 이 모양이셨다.
한껏 다소곳하고 조심스럽게 '쪼개고'라니! 수박도 아니고.

"엄마아!"

나는 미간을 찌푸리며 엄마를 쳐다보았다. 그래도 교수님은 친절한 태도를 유지하시며 답해주셨다.

"네, 개두술이죠.. 두피를 절개하고 두개골을 부수고 들어가는 겁니다. 다들 받는 수술입니다. 너무 걱정하지 않으셔도 됩니다. 괜찮습니다."

이 혈관 기형에서 출혈을 일으킨다는 것을 아주 잘 경험한 나였다. 이미 두 명의 의사가 3번째 재발 가능성에 대해 언급했다. 이 가능성이 나에게 허투루 들릴 리 없었다.

'똥밭에 굴러도 이승이라는데 죽기엔 나는 너무 젊고 여러모로 아직 괜찮다. 내가 죽는 것은 사회적인 손실이다.'

그런데 수술 시기가 중요한 모양이었다. 교수님은 상처 부위가 깨끗해질 때까지 앞으로 2, 3주는 기다려야 한다고 하셨다.

교수님이 가시자, 우리는 수술을 해야 하는 게 맞나 보다며 서로 고개를 끄덕였다.

그리고 다시 지혈 자세에 집중하면서 소변에 관한 생각을 떨쳐내려 노력했다. 그러나 2시간 정도가 지나고 소변 생각이 한 차례 들더니 소변을 참기가 점점 어려워졌다. 나는 엄마한테 몇 차례나 화장실에 가도 되는지를 간호사실에 물어봐달라고 했다. 엄마는 누워서 소변을 볼 수 있는 소변받이 같은 것을 가져와보기도 했지만 그게 가능할 리 없었다. 드디어 화장실을 갈 수 있을 때까지 고통의 시간을 보내면서 생각했다. 앞으로 있을 모든 여정을 다 짐작할 수 없지만, 이 오줌 참는 게 제일 힘들었던 일로 기억될 것 같다고.

10주차, 재활병원 –

재활 초보의
재활병원 맛보기

아침부터 모든 일정이 지연되어 시술 후 예정되어 있던 퇴원이 다음 날로 연기되었다.

입원 후 주치의와 면담했을 때 주치의는 검사가 끝난 후의 계획을 물었다. 나는 주치의에게 'ㅇㅇ재활 전문병원'에 가고 싶다고 말했었다. 그런데 병동 간호사실에서 그 병원에 바로 갈 수 있도록 절차를 밟아준 것이었다. 내가 고향 집에서 ㅇㅇ 재활병원에 입원 문의를 했을 때는 입원 예약이 꽉 차 있어 입원실이 없다는 답변을 받았다. 그래서 서울에 간 후 향후 일정관리를 어떻게 해야 하나 걱정했었는데 모든 일이 잘 풀려가고 있는 것 같아 기분이 좋아졌다.

다음 날, 사촌 언니의 도움을 받아 엄마와 함께 ○○재활 전문병원으로 이동했다. 수술을 집도하실 교수님의 진료는 약 열흘 후였다.

이 병원에 얼마나 머물게 될지 모르겠지만 나는 재활 전문병원에 입원하게 된 것만으로도 많이 나아질 것 같은 기분이 들었다.

병원에 도착해서 기초 검사를 받으러 가다가 치료사 선생님과 고강도의 뜀뛰기 운동을 하는 젊은 남자 환자를 보았다.

'역시 유명한 병원이라더니 열심히 치료를 받으면 저렇게 되나 보다.'

생각하며 기대감이 더 고조되었다. 나중에 우연히 그 치료사를 만나 '아, 그 환자는 원래 기능은 다 있는 환자였어요.'라는 말을 듣기 전까지는 말이었다. 병원에 갓 입원한 초보 같은 나는 그 기능이라는 것이 얼마나 중요한지 정확히 몰랐다. 기능은 정말 온갖 쓸모 있는 움직임들이었다.

나는 이 병원에서 처음 재활 의학과 전문의를 만났다.

의사 선생님은 나에게 뇌출혈로 한 번 손상된 뇌신경은 돌아오지 않는다고 말했다. 대신 손상된 신경 주변의 살아 있는 신경들이 그 역할을 대신하려 한다고 했다. 이것을 전문 용어로 신경 가소성이라고 한다고 했다. 의사 선생님은 이러한 뇌의 신경 가소성이라는 특성 덕분에 움직임들을 새롭게 배우고 뇌에 각인시킬 수 있는 것이라고 했다.

신경 가소성이라는 단어는 책을 통해서 본 적 있었다. 하지만 한 번 손상된 신경이 다시 회복되지 않는다는 것은 꽤 충격적인 사실이었다. 나는 의사 선생님의 이 얘기가 탐탁지 않았다.

병원에서 짜준 내 치료 프로그램은 운동치료, 작업치료, 전기치료(FES, functional electrical stimulation), 기립기라는 것이었다. 이 병원에서 처음 해보는 기립기라는 것은 서서 다리 힘을 기르게 해주는 보조 도구였다.

담당 운동 치료사는 내 다리의 움직임을 평가하고 상태가 그렇게 나쁘지 않다고 말하며 용기를 주었다. 또한, 회복에는 최소 1년 정도의 시간이 걸릴 것이라고도 말했다. 좀 실망스럽긴 했지만 나는 열심히 노력하겠다는 의지가 넘쳤다. 운동 선생님은 '조금이라도 걸을 수 있으면 휠체어를 타는 것보다는 치료실에 엄마와 함께 걸어 다니는 것이 좋다'고 조언했다. 병실에서 치료실까지는 거리도 길지 않았다. 급한 순간에는 엄마 손을 잡으면 되니 크게 어려울 것 같지 않았다. 나는 병실과 치료실을 걸어서 다니는 것은 물론, 쉬는 시간 틈틈이 엄마와 함께 걷는 연습을 했다. 아직 선생님에게 걷는 것을 제대로 배울 충분한 치료를 받지 못해 내 걸음은 형편없었다. 하지만 걷는 연습은 그중 어렵지 않고 성취감이 있는 일이었다. 선생님과 하는 운동 치료 시간은 항상 자신감을 잃게 하고 좌절을 주었다.

나는 하루 총 4시간 동안 진행하는, 난생 처음 해보는 어려운 운동으로 인해 에너지가 급격히 소진되곤 했다. 30분씩 진행하는 치료의 2, 3타임이 끝나면 입원실로 들어와 끊임없이 간식을 먹었다. 엄마는 병원 옆 편의점에 가서 유산균 음료수, 바나나, 우유, 빵 등을 바쁘게 사다 나르셨다.

병원에서는 몇몇 기억에 남는 환자들을 만났다.

젊은 여자 환자 중에 나보다 세 살 어린 환자가 있었다. 그 친구는 인지와 기억력에 손상을 입어 자신의 아이도 알아보지 못했다. 엄마는 그 친구를 보며 너무 안타까워하셨고 나보고는 환자 중에서 상급이라고 말했다.

한 아저씨는 엄마와 함께 걷고 있는 나에게 와서 그렇게 다리를 돌리며 걷지 말라고 조언했다. 솔직히 말하면 그 아저씨도 그렇게 걸으시는 것 같았다. 하지만 병원 생활과 재활에 다소 어리버리한 나는 작은 정보라도 얻는다면 손해 볼 것이 없다고 생각했다. 엄마와 나는 당시 나에게 말을 거는 모든 사람의 이야기를 대학 입시전략이라도 듣듯 진중하게 들었다.

아저씨는 나에게 물었다.
"우울증 같은 건 안 왔어요.?"

"아니요. 저는 그런 건 없어요."

엄마도 거드셨다.
"아니요. 우리 애는 그런 건 없어요."

그러자 아저씨는 또 말했다.
"약하게 왔나 보네."

당시에는 그 약하게 왔다는 의미도 잘 알지 못했다. 그런데 수술 후 입원한 재활병원에서 갖가지 종류의 약하게 온 사람들을 보고 나니 그 아저씨가 말했던 약하게 온 게 어떤 것인지 알게 되었다. 적어도 나는 그 약하게 온 사람은 아니었다.

재활 6개월 만에 양말도 신고 식판도 들 수 있게 되어 혼자서 입원 생활 중이라며 자랑스럽게 얘기하던 아줌마도 있었다. 나는 그 아줌마가 하는 얘기를 신의 조언이라도 되는 양 들었다. 그 아줌마가 전기 치료 (FES, functional electrical stimulation) 시간에 처음 나에게 말을 걸었을 때 "발목은 올라가요?"라고 질문했었다. 나는 재활 초보 중에 생초보인지라 그게 얼마나 중요한 것인지도 몰랐다.

기대했던 재활병원에서 어떤 재활 성과를 거두기도 전에 엄마와 나는 병원 내 코로나 확산으로 자연스레 퇴원하게 되었다. 이 병원에서 나는 평일 이틀간 치료를 하고 하루는 방에 격리되어 있었다. 나머지 날들은 설 연휴로 치료를 공쳤다.

그래도 나는 따뜻한 재활병원 안에서 나름의 걷는 연습을 많이 했다. 걷는 것에 대한 자신감을 가졌다고도 생각했다. 내가 곧 걸을 것만 같았다. 하지만 퇴원하는 날, 엄마와 병원 입구로 걸어가는 도중에는 다리가 잘 움직이지 않는다는 느낌을 받았다. 그래도 실내에서 걷는 건 좀 나았다. 병원 입구에서 대기하고 있는 택시까지 걸어가는 몇 미터 동안은 다리가 잘 움직이지도, 땅에서 발이 떼어지지도, 닿지도 않았다. 나는 택시 앞까지 가지 못하고 엄마를 향해 '아아악!' 하고 소리를 질렀다. 퇴원하는 날은 기분이 좋지 않았다.

기대를 많이 했던 이 재활병원 입원은 아쉽게도 재활병원 체험 정도로 마무리되었다.

10주차, 대학병원 –

교수님 제 수술
잘해주셔야 해요

재활병원 퇴원 후, 수술을 집도하실 교수님과 만남이 예정되어 있었다. 다른 일정을 가질 수 없는 우리는 한 호텔에 이틀간 머무르기로 했다. 나는 수술하지 않을 가능성에 대해서 기대를 버리지 않았다. 그러나 수술할 가능성이 더 크다고 생각하고 있었다.

'수술하신다는 교수님은 나에게 어떤 얘길 하실까?'

교수님을 만나러 가는 날 아침이 되자, 나는 수술하실 교수님께 조금이라도 잘 보이고 싶다는 생각이 들었다.

'오랜만에 화장을 좀 할까?'

내가 중요한 사람이라고 어필하고 싶었다. 나는 한 손으로 세수하는 것이 부담스러워 하나라도 더 얼굴에 바르는 것이 싫었다. 화장은 포기하기로 하고 톤업 크림 하나만 발랐다. 하지만 눈썹은 좀 칠해보았다. 아침부터 아빠에게 얘기했다.

"아빠, 제가 떨려서 잘 얘기 못 할지도 모르니까 아빠가 대신 얘기 좀 해주세요. 제가 어린 자식이 있으면 그런 걸로 좀 어필해보겠는데요. 전 어린 자식이 없잖아요. 최대한 교수님이 저를 중요하다고 생각할 수 있게 얘기해 주세요. 제가 외국계 회사에 다니고 아직 결혼도 안 했다고 꼭 얘기해 주세요."

아빠가 나보다 잘 얘기할 수 있는 사람이 아니라는 것은 알고 있었다. 하지만 내가 수술의 당사자이다 보니 긴장되는 게 사실이었다. 목숨을 걸고 내기라도 하러 가는 기분이었다.

나는 병원에 도착해 진료실까지 걸어갈 것을 고집했다. 교수님께 내가 걷는 것을 보여주고 싶었다.

'내 수술 잘해주셔야 해요. 나 지금 이상하게 걸어도 걷고 있으니깐요.'

떨리는 마음으로 진료실에 들어갔다. 진료실에는 10년 전 다녔던 회사의 상무님과 똑같이 생기신 분이 앉아 계셨다. 말을 시작하시는데 심지어 목소리까지 똑같았다. 성품이 좋기로 유명하신 상무님이셨는데 이 교수님도 목소리에서 따뜻한 성품이 느껴졌다. 실제로 교수님은 병원에 있는 동안 나에게만 따뜻한 것이 아니라 보호자인 엄마의 마음까지도 잘 보듬어 주셨다. 어차피 수술이라는 것을 하게 된 이상 무조건적인 신뢰와 사랑을 보내야 할 교수님이었다. 내 구세주이자 생명줄과도 같으신 분이셨다. 하지만 나는 교수님을 보자마자 곧바로 진심 어린 신뢰의 마음이 생겼다.

교수님 이야기의 핵심은 이것이었다.

'모든 내용을 다 세세하게 얘기할 순 없지만, 수술이 정말 잘돼야 한다는 것. 처음에는 눈으로 시작해 몸에 마비가 온 것처럼, 이 병이 몸을 계단식으로 망가뜨린다는 것. 재발 가능성이 분명히 있으므로 수술은 해야 한다는 것. 출혈 부위에 신경이 밀집해 있고 깊숙한 자리기 때문에 조금이라도 실수가 생기면 그때는 재활로도 어려운 영구적인 마비가 생길 수도 있다는 것. 그래서 현재의 출혈 부위가 깨끗해져서 수술하기 쉬운 상태가 되는 것이 아주 중요한데, 그 시기가 앞으로 20여 일 후 정도일 것 같다는 것. 내가 젊은 여자이기 때문에 더더욱 추가적인 장애가 생겨서 는 안 된다는 것.'

나는 이 설명들이 나에게 하는 이야기이자 교수님 스스로 하는 다짐처 럼 들렸다.

나는 교수님의 설명을 듣고 나서 오늘 아침에 나를 중요한 사람으로 어필해보고자 했던 마음이 갑자기 유치하다는 생각이 들었다. 신경외과 의사가 그 어떤 환자에게 최선을 다해 수술하지 않겠다고 맹세할 것인 가.

교수님이 몇몇 추가적인 설명을 하시고 이야기가 다 끝나가는데 아빠 가 갑자기 말을 꺼내셨다.

"기사에서 보니까 감마나이프라고 방사선으로 치료하는 게 있다던데 요."

교수님이 답하셨다.

"감마나이프로 되면 왜 이렇게 어려운 수술을 하겠습니까?"

'수술하는 얘기하려고 오늘 여기 온 거라니까요. 아빠.'

나는 아빠의 두려움을 고스란히 느꼈다.

10주차, 수술 예약 -

이 수술,
이제 욕심난다

　　우리는 진료실에서 나와 정확한 수술 날짜를 예약하기 위해서 예약 담
당 간호사를 만났다.

　　그런데 이건 또 무슨 소리지? 간호사는 앞으로 두 달 반 동안 교수님의
수술 예약이 꽉 차 있다고 했다.

　　"교수님께서 이달 말에 해야 한다고 얘기하셨는데요."

　　간호사는 진실한 어조로 설명했다.

"교수님이 스케줄이 꽉 차 있다는 사실을 모르셨던 거 같아요. 제가 보니깐 향후 한 달 동안 해야 할 수술도 이린다 환자님 케이스처럼 전부 다 급한 수술이에요. 한 수술이 시작되면 빠르면 다섯 시간, 수술실에서 어떤 변수가 생기면 10시간 동안 수술이 진행될 때도 있어요. 교수님께서는 주로 어려운 수술을 하세요. 연달아 스무 시간을 수술실에 계실 수 없어요. 컨디션 관리도 하셔야 하고요."

'암요. 내 머리를 가르고 하는 수술을 피곤에 지쳐 몽롱한 정신으로 막 그렇게 해서는 안 되죠.'

나는 과자 사달라고 마트 앞에서 우는 조카처럼 떼를 쓸 수도 없는 난감한 심정이었다.

엄마와 아빠가 막 떼를 쓰려던 찰나에, 나는 그들을 제지했다. 최대한 정신을 정비하고 발음이 잘되도록 천천히 얘기했다.

"네, 간호사 선생님께서 하신 말씀이 어떤 얘기인지는 충분히 알겠어요. 저도 교수님께서 무리한 일정으로 컨디션이 좋지 않은 상태에서 수술하는 것은 절대 안 된다고 생각해요. 아마 교수님께서 너무 바쁘셔서 수술 스케줄을 전부 기억 못 하실 수도 있으실 것 같은데요. 저희가 진료를 했을 때 교수님께서는 제 수술에 대해서 수술 시기가 중요하다는 말씀을 명확히 하셨어요. 아마도 교수님께서 이 수술에 대해서 나름의 생각이 있으실 것 같으니 한번 교수님과 논의해 보시고 가능한 스케줄로 조정해서 연락 부탁드리겠습니다. 절대 무리해서 요구해야 하는 사안이 아니라는 것은 저도 잘 압니다. 연락 주실 전화번호만 다시 확인할게요."

간호사는 자신의 말을 다 이해해 주니 고맙다는 표정을 지었다. 우리는 모든 일이 잘 풀리기만을 기대하며 간호사실을 나섰다. 최악의 스케줄로 배정되면 수술을 하기까지 앞으로 두 달이 넘게 걸리는 것이었다. 나는 고혈압과 고지혈증 같은 증상이 없어 따로 먹고 있는 약이 없었다. 현재 먹고 있는 약은 뇌 영양제와 항경련제 2가지뿐이었다. 나는 교수님께 왜 항경련제를 복용하고 있는지 물었다. 그러자 교수님께서는 해면상 혈관 기형이 출혈을 일으켰을 때 나타나는 대표적인 증상이 경련이라고 말씀하셨다.

나는 살면서 경련을 일으킨 적이 없어 그 증상이 어떤 것인지 알 수 없었다. 하지만 이 약이 재발을 대비해서 복용하는 약이었다는 것을 알고 나서부터는 꽤 진지해졌다. 그리고 내가 재발 가능성이 있는 사람이라고 생각하니 이제는 이 수술에 욕심이 나는 지경에 이르렀다.

하지만 이 상황을 운에 맡기는 것 말고는 할 수 있는 일이 없었다. 수술 날짜가 언제가 될지 알 수 없었다. 나는 수술일까지 재활병원에 입원해서 정신없이 지내다가 급작스럽게 불려가는 것은 웬지 싫었다. 죽음을 앞둔 것도 아니고 신변 정리랄 것이 필요한 것도 아니었지만, 큰 수술이다 보니 수술 전까지 차분한 마음으로 지내고 싶었다.

물론 무리하지 않는 선에서 재활도 해야 했는데 알아보니 고모 댁에서 차로 5분 거리에 유명한 재활센터가 있었다. 나는 수술 연락을 기다릴 때까지 재활센터를 다니며 엄마와 고모 댁에서 머물기로 했다.

나는 엄마와 택시를 타고 재활센터를 가기도 하고 친척 오빠의 도움으로 가는 날도 있었다. 차에서 내려 걸을 때면 나는 늘 예민했다. 땅을 밟는 순간 발이 뒤집힐 것 같은 때, 엄마 손을 잡는데도 계단 하나 높이를 오를 다리의 움직임이 나오지 않을 때, 첫 발걸음에 종아리가 각목처럼 뻣뻣해지면서 뒤틀릴 때, 모든 움직임의 순간순간 나는 예민하고 기분이 나빠졌다. 환자가 갑이라더니 엄마는 밖에 나올 때마다 어떻게 해야 내가 조금이라도 편할지 눈치를 보기 바빴다. 우리는 까칠한 회장님과 수행비서의 관계처럼 보였다.

내가 다니던 재활센터는 6층에 있었다. 치료를 기다리는 동안 의자에 앉아 있으면 창문 밖 핸드폰 매장에서 늘 같은 음악이 흘러나왔다. 그 음악을 들을 때마다 세상이 멈춘 것처럼 멍해졌다. 그곳에서 다양한 상태와 회복 과정에 있는 사람들을 보았는데 수술을 앞둔 내가 가장 불안정해 보였다. 그리고 나는 이 재활이란 것으로 다시 걷고 움직일 수 있다는 것에 확신이 없었다. 선생님이 하라는 것을 하기는 하지만 이것이 어떻게 걷는 것과 팔과 손을 잘 사용하는 것으로 연결되는지 모르겠다고 생각했다.

몸이 마비되고 나서부터 주변 지인들이 재활에 대해 이런저런 아는 척을 하곤 했다. 이 재활이라는 것은 직접 경험하지 않는다면 상상도 못 할 일이라고 나는 생각했다.

뇌 환자의 재활이 무엇인지에 대해 나는 이렇게 얘기하고 싶었다.

원래 우리의 귀와 코에도 듣고 냄새 맡는 기능뿐만 아니라 운동 기능이 있었다. 이를테면 귀나 코로 물건을 잡기도 하고 숟가락을 잡고 식사를 하기도 했다. 정말 극단적인 예를 든 것이다. 그런데 어느 날 사고로 그 운동 기능을 잃어버리게 된 것이 지금 인간의 귀와 코의 상태이다. 그 귀나 코를 예전의 움직임을 할 수 있도록 근육 하나하나의 움직임을 배우고 부단히 익혀 다시 운동 기능을 만드는 것이다. 한마디로 말이 안 되게 어려운 것이다.

병원에 다녀온 지 열흘이 지난 후, 재활센터에서 치료를 기다리며 밖 핸드폰 매장에서 들려오는 똑같은 음악 소리를 듣고 있었다. 그런데 모르는 핸드폰 번호로 전화가 왔다. 뭔가 느낌이 좋아 최대한 목을 가지런히 하고 예쁜 목소리로 전화를 받았다. 병원 간호사실 수술 예약 담당 직원이었다.

간호사는 수술 일정이 다다음 주 월요일로 잡혔다며 일주일 후에 입원하라고 했다. 쉬는 날인데 급하게 연락하셨다는 말에 감사하다는 인사를 전하고 전화를 끊었다. 그리고 나는 생각했다.

'그동안 하나님께 드린 기도를 하나님이 들어주셨구나.'
'신난다. 수술이다.'

나는 이제 신이 나기 시작했다.

12주차, 수술 입원 -

이건 쁘띠
뇌 수술인데?

　기다리던 수술 날짜가 확정되었다. 뭐가 그리 조심스러운지 향후 일주
일 동안은 재활센터도 나가지 않기로 했다. 고모 댁에서 편히 쉬면서 내
몸뚱어리를 아주 소중히 다루었다.

　입원하기로 한 날이 다가오는데 코로나 감염자 수가 연일 최고치를 경
신 중이었다.
　하루가 멀다 하고 병원 의료진의 감염 소식이 뉴스에 나왔다. 내 심장
은 아주 쫄깃쫄깃했다. 나는 행여나 무슨 변수가 생겨 수술 날짜가 연기

될 거라고 병원에서 전화가 올까 봐 겁이 났다.

수술을 위해 입원하는 날에는 병원의 보안이 특히 삼엄했다. 토요일 오후 입원 수속은 응급실을 통해야 했다. 그래서 그런지 마음속의 긴장감은 더 높아졌다.

엄마와 늘 가지고 다니는 핑크색 캐리어를 끌고 병원 안으로 들어가려는데 아빠가 내 걷는 모습을 동영상으로 찍고 싶다고 하셨다. 나는 최선을 다해 예쁘게 걸었다. 나는 그날 아빠가 핸드폰으로 동영상을 찍으시는 모습을 처음 봤다.

엄마 손을 잡고 병원 안을 걸으면서 계속 걱정했다.

'교수님이 갑자기 코로나에 걸리면 어떡하지? 내 수술에 참여할 주요 의료진 중에 누군가 코로나에 걸리면 어떡하지?'

걱정했던 것과는 달리 신경외과 병동 분위기는 평온했다. 병실로 들어오자마자 간호사 한 명이 수술 전 일정에 대해 간략하게 설명했다. 오늘과 내일 여러 차례 MRI 촬영이 예정되어 있으며, 내일 밤에는 다양한 동의서에 서명해야 한다고 했다. 간호사가 나간 후 나는 지인들에게 카카오톡으로 입원 사실을 알리며 쉬고 있었다. 그런데 건너편 환자의 간병인이 나를 보더니 엄청나게 사회성 좋은 목소리로 말을 걸었다.

"어머~ 애기가 왔네~ 애기가 아프면 나는 너무 슬퍼요."

나는 아무 톤 없이 무뚝뚝하게 대답했다.
"애기 아니에요."

어느 순간부터 젊은 뇌출혈 환자인 나에게 사람들이 갖는 과한 관심들에 피곤해졌다. 창가 옆 침대에서 소리가 났다.

"의사 선생님! 눈이 선명해요! 핸드폰 글씨도 이제 또렷하게 잘 보여요!"
'와, 수술하고 나면 눈이 잘 보이나 보다. 나도 좀 기대를 해볼까?'

이번에는 그 사회성 좋은 간병인이 누군가에 물었다.
"엊그제 수술한 그 스물네 살짜리는 어떻게 됐대요?"
"수술하고 회복이 잘 안 돼서 아직 중환자실에 있대요."
"어머, 진짜? 어떡해."

또 애기가 들렸다.
"지난번에 그 젊은 아가씨는 어떻게 됐대요?"
"상태가 안 좋대요. 집중 치료실에 있는데 오늘내일 한대요."

'아니 뭐 이건 나를 위해 준비한 특별 시트콤인가? 왜 젊은 여자들은 모두 수술이 잘 안 된 거야, 뭐야?'

나는 기분이 떨떠름해졌다.
'그래⋯. 뇌 수술이 보통 일은 아니지⋯. 몰랐던 건 아니잖아.'

첫날에는 MRI를 한 차례 찍는 것 말고는 특별한 일정이 없었다.
다음 날도 많은 일정이 있지는 않았다. 병원 앞 호텔에서 머물고 계시는 아빠가 수술 전 마지막으로 나를 보기 위해 병원 1층으로 오셨다. 코로나로 인한 삼엄한 경비로 아빠는 병원 입구 바리케이드 앞에서 잠시 애틋한 눈빛을 보이시다가 가셨다.

오후에는 병실에만 있기 지루해 엄마와 병원 식당가에서 시간을 보내다가 병동으로 들어왔다. 들어오다 마주친 주치의가 아직 샴푸를 하지 않았냐고 재촉했다. 나는 엄마와 샤워실로 가서 간호사가 준 소독샴푸라는 것으로 두 번 샴푸를 했다. 그리고 병실로 들어와 수건으로 열심히 머리를 말렸다.

주치의는 다시 한번 간호사실에 재촉했다.
"드라이기 없어요?"

종일 여유 있었던 일정이 늦은 오후가 되자 수술 준비로 급박해졌다. 머리를 말린 후 엄마와 함께 주치의가 기다리고 있는 처치실로 들어갔다. 나는 주치의의 지시대로 처치실 가운데에 있는 큰 의자에 앉았다. 주치의는 내 앞에 앉았다. 주치의는 이런저런 사무용품들이 가득한 바퀴 달린 선반을 제 옆으로 끌어당겨 놓았다.

"지금부터 머리를 밀건데요. 요렇게 하고, 요렇게 이 경로로 두 군데 정도 밀 겁니다."

주치의는 손으로 대략적인 위치를 설명했다. 전체 삭발을 하지 않는다는 얘기를 교수님께 들어 알고는 있었다. 하지만 그게 어느 정도일지는 감이 잡히지 않았다.

주치의는 곧 선반에서 바리깡을 집어 들고 이마 위에서부터 가느다랗게 길을 내듯이 머리를 밀기 시작했다. 젊은 남자라 그런지 섬세함은 없었다.

"엄마, 너무 웃겨! 뽀순이 미용하는 것 같은 바리깡으로 내 머리를 밀고 있어."

"너는 이게 웃기냐?"

"웃기잖아."

엄마는 한숨을 쉬며 말했다.

"수술만 잘된다면야 다 밀어도 상관없겠다."

주치의는 우리 대화를 듣더니 농담했다.

"그냥 다 밀어버릴까요?"

나는 쿨하게 대답했다.

"마음대로 하세요. 헤헤. 머리가 뭐 중요합니까."

내 머리는 가느다란 두 길이 났다. 아직 거울을 보지는 않았지만, 이 정도면 내 고정관념에 있던 뇌수술을 앞둔 환자의 모습은 아닌 것 같았다.

그야말로 쁘띠였다. 쁘띠 뇌 수술.

이제 주치의는 선반에서 펜을 꺼내 들고 내 머리에 점을 찍기 시작했다. 뭐 하시냐고 물으니 수술할 때 들어가는 좌표 같은 것을 찍는 것이라고 했다.

'신기하다….'라고 생각하고 있는데 이번에는 주치의가 머리 위에 스티커까지 붙였다. 그러고는 이제부터 스티커가 떼어지지 않게 조심하라고 일렀다. 혹시 스티커가 떼어져서 수술에 지장이 생기지 않을까 하는 원초적인 걱정이 들었다.

마지막으로 주치의는 크고 질 좋은 배에 씌우는 하얀 배망 같은 것을 모자처럼 씌웠다. 처음 검사를 위해 신경외과 병동에 들어왔을 때 머리에 배망을 쓰고 다니는 환자들을 보면서 의아하게 생각했는데 이제 그 배망의 정체를 알게 되었다.

모든 작업을 마친 주치의는 병실에 들어가 쉬고 있으라고 했다. 수술 동의서가 준비되면 다시 간호사실로 부르겠다고 했다. 나는 병실로 들어와 배망을 멋지게 쓴 얼굴을 셀카로 남겼다. 그리고 친한 친구 몇 명에게 보냈다. 친구들은 재밌다며 깔깔깔 웃었다.
친구는 진지하게 물었다.

'긴장되진 않아, 린다야?'
'아니, 설레는데?'

나는 이 모든 새로운 경험이 정말로 신기했다.

갑자기 나를 찾는 사람들이 많아졌다. 마취과에서는 내일 수술에서 어떤 방식으로 마취가 진행될지 설명하고 그에 대한 동의서를 받아 갔다. 또 누군가 오더니 수술 과정에서 절제되는 뇌 조직을 연구 목적으로 사용할 수 있다고 설명했다. 그러니 내 동의를 받겠다고 했다.

나는 생각했다.

'물론요. 얼마든지요. 의학 발전을 위해서라면 사후에 내 뇌도 기증하고 싶네요. 다른 사람들이 저처럼 잘 살다가 이런 황당한 경험을 겪지 않게 꼭 연구를 해주세요.'

다음은 항생제 알레르기 테스트였다. 간호사 한 명이 내 오른팔에 항생제 주사를 놓고 몇 분 후 피부 반응을 확인했다. '참 다양한 준비가 있구나.' 하고 한껏 어떤 사건의 주인공이 된 듯한 기분을 만끽하고 있는데 드디어 주치의가 엄마와 나를 불렀다.

이번에는
운이 다 비켜갔다

오늘의 메인 디쉬와도 같은 시간이었다. 주치의는 가장 최근에 찍은 MRI 사진을 보여주며 출혈 부위이자 혈관 기형 부위가 그 경계선이 꽤나 명확해져 있음을 얘기했다. 나는 이것이 수술이 잘 되기 위한 최소한의 조건인 것으로 알고 있었다. 하지만 전문가가 아닌 내가 MRI 사진을 온전히 이해할 수는 없었다. 나는 상처 부위가 깨끗해졌는지 다시 한번 확인하고 싶었다. 그래서 재발 당시의 MRI 사진과 비교해달라고 요청했다. 그러자 주치의는 출혈 부위가 훨씬 크고 안개처럼 퍼져 있는 듯해 보이는 이전의 사진을 보여주었다. 사진을 보니 조금 안심이 되었다.

다음 순서는 동의서 사인이었다. 주치의는 설명했다. 교수님께서 최선을 다해 수술하시겠지만, 수술 과정에서 발생하는 변수로 인해 다음과 같은 추가 장애가 생길 수 있다고 했다. 그것은 영구적인 운동 마비의 가능성, 인지와 언어 장애, 기억력 장애, 기타 등등이었다. 듣다 보니 그 위험성이 종합 선물세트 같았다.

나는 스스로를 보호할 무엇인가를 말해야겠다고 생각했다.

"아니, 그런데요. 선생님. 언어나 인지는 왼쪽 뇌가 담당하는 거 아니에요? 제 병변은 오른쪽에 있고요. 그리고 제가 지금 언어 장애가 없는데 어떻게 갑자기 생길 수가 있다는 거예요?"

"아, 원래 뇌는 우뇌와 좌뇌 각각 주 담당 영역이 있긴 한데요. 각 뇌가 주 담당이 아니라고 해도 조금씩은 반대편 뇌의 역할들을 담당하기도 해요."

"아니 그래도… 그리고 원래 수술 동의서를 받으실 때는 가능성이 조금이라도 있어도 다 명시하시는 거잖아요. 이게 다 실제로 일어날 수 있다는 건 아니잖아요. 그렇죠?"

마치 주치의를 유도신문하는 것처럼 보였다.

"네, 솔직하게 말씀드리면 뇌의 바깥쪽, 두피와 가까운 쪽에서 출혈이 일어났고 이 부분의 수술을 한다고 하면 이게 다 실제 일어날 가능성이 별로 없는 형식적인 설명이라고 할 수도 있는데요. 이런다 환자분 같은 경우에는 병변이 뇌 깊숙한 부분이고 또 그 위치가 신경이 밀집되어 있는 부분이기 때문에 이게 다 실제로 가능성이 있다고 볼 수 있습니다."

아후, 할 말이 없다. 살면서 운이 괜찮은 편이라고 생각했는데 이번에는 다 비켜갔다.

'어쩌겠어. 수술 안 할 것도 아닌데….'

하지만 현실적으로 너무 겁이 났다. 이제까지 어떤 의미에서 살 만했던 것은 인지에 아무런 문제가 없고 말을 할 수 있어서였다. 젊은 사람이 언어 장애가 생기면 반드시 우울증을 수반한다는 얘기를 들은 적 있었다. 인지와 언어 장애가 있는 젊은 남자 환자가 간병인에게 맞았다며 그의 엄마가 울면서 하소연하는 것을 본 적도 있었다. 이제 내가 '내가 아닌 상황'이 올 수도 있다고 생각하니 두려움이 물밀 듯이 밀려오기 시작했다.

'수술하고 눈을 떴는데 내가 아무것도 모르면 어떡하지? 잠깐, 내 주식 계좌에 얼마가 있더라? 어차피 소액이야. 주말이라 뭘 어떻게 할 수도

없어. 그건 잊어버리자고.'

수술이 잘되지 않으면 팔다리가 마비된 것보다 더 끔찍한 일이 생길 수도 있는 것이었다. 나쁜 가능성들은 생각하지 말자고 생각의 꼬리를 끊어버리려고 노력했다. 하지만 옆에 앉아 있는 엄마를 보니 엄마는 겁에 질려 떨고 계셨다. 엄마는 흔들리는 마음을 곧바로 입 밖으로 표현하셨다.

"혹시 수술을 안 하면…."
'아니 이건 또 무슨 소리야.'

나는 엄마를 진정시키고 서둘러 수술 동의서에 서명했다.

사실 나는 며칠 전부터 계속 기도를 하고 있었다. 기도 메시지는 담담했다.
'하느님, 저를 도와주세요.'
이것이 다였다.

하지만 수술 동의서에 서명한 이후부터 내 기도는 달라졌다. 지금까지 충분히 망했지만 이제 더 망해서는 안 된다고 생각했다. 그날 저녁 이후 내 기도는 하느님에 대한 기선제압이었다.

'하느님, 저를 도와주셔야 해요오?!'
이것은 거의 협박이었다.

살면서 크고 작은 기선제압에서 성공을 경험한 적이 있었다. 20대 후반에 문화 교류 비자로 1년간 미국에 가기로 하였을 때였다. 나는 비자 신청을 위한 나름의 준비를 하고 그해 겨울 광화문에 있는 대사관을 방문했다. 오늘의 먹잇감으로 나를 선정한 영사의 의도를 상상조차 하지 못했다. 영사는 지금 하는 일과 똑같은 분야의 일을 왜 굳이 미국에 가서 하려고 하냐고 질문했다. 나는 예상하지 못했던 질문에 멘탈이 흔들렸다. 그리고 적절한 답을 하지 못했다. 이후 하이에나처럼 달려드는 영사의 질문 공세에 나는 맥없이 전의를 상실했다. 그렇게 미국에 가면 돌아오지 않을 의도가 다분한 젊은 여자가 되었고, 비자 신청 인터뷰에서 탈락했다. 나는 서럽고 억울한 마음에 대사관 밖으로 나와 펑펑 울었다.

집으로 돌아와 비자 신청에 관련한 인터넷 카페 글을 검색했다. 하지만 한번 비자 신청이 거절된 이후에는 재신청을 해도 70~80%가 탈락이라고 하는 글들이 대부분이었다. 이미 회사에 퇴직 의사를 전달했고 다른 선택지가 없었다. 그때 처음으로 '피가 마른다'는 표현을 몸소 체험했다. 나는 매일 인터넷 카페를 뒤적이며 어떤 전략을 취해야 할지 계속 고민했다. 어떤 글을 읽었었는지 아니면 내 번뜩이는 아이디어였는지는 기억나지 않지만 나는 영사를 기선제압해야 한다고 생각했다.

두 번째 비자 신청을 위해 대사관에 갔다. 가슴에 서류를 안고 소파에 앉아 기다리며 어떤 영사가 나에게 배정될지 차례를 계산했다. 한 영사에게 인터뷰하게 될 것 같다고 확신한 순간 나는 그를 노려보며 생각했다.

'내가 오늘 너를 잡아먹을 거야.'

이십 대였던 나는 부끄러움이 많았고 당당함과 거리가 멀었다. 하지만 인터뷰가 시작되자 내 태도는 한껏 당당하고 주도적으로 변했다.

'나 미국 갈 건데?! 어떡할 건데! 나 미국 갈 거라니까?'

흡사 이런 모습이었다. 인터뷰는 성공적으로 심사 승인이었다.

나는 그때의 모습을 기억해야 했다.
무릎 꿇고 두 손 모아 여리디 여린 소녀가 하는 기도로는 부족했다. 하나님이 알아들을 수 있도록 더 강력하고 단호하게 내 메시지를 전달해야 했다. 이 상황을 주도해야 했다. 내가 승리할 수 있도록. 수술실에서 마취제가 몸속으로 퍼져 나가기 직전까지 나는 계속 이 마음가짐을 유지했다.

12주차, 수술 끝 -

그래도 바보가
되지 않아서 다행이야

수술 전날 늦은 저녁, MRI 촬영으로 모든 일정을 마무리하고 편안한 마음으로 잠들었다.

내 수술은 오전 7시 첫 타임이었다. 아침 6시에 일어나 세수를 하고 화장실도 다녀오니 금세 7시가 되었다. 마음의 준비랄 것도 없이 이송 침대가 나를 데리러 왔다. 나는 간밤에 꿈도 잘 꾸었다. 그야말로 상황을 주도하는 꿈이었다. 이 정도면 꿈은 제 할 일을 했다.

코로나 직전, 같은 병원에서 아빠가 간암 수술을 받으셨을 때는 친척들이 모두 모여 대기실이라는 곳에서 아빠를 기다렸다. 그러나 지금은 코로나로 인해 대기실이라는 곳이 전면폐쇄가 되어 보호자 한 명조차도 수술실 앞에서 기다릴 수 없게 되었다. 수술이 끝난 후 나는 중환자실로 이동하게 되어 있었다. 그때도 면회는 엄마와 아빠 두 분 중 한 분만 가능하다고 했다. 수술하는 것을 코앞에서 지켜본들 무슨 소용이 있겠냐만 보호자 마음은 그렇지 않을 것이었다.

그래서 그런지 병동 복도까지 따라 나와 울먹이는 목소리로 "린다야." 하는 엄마를 보니 나도 슬퍼졌다.

이송 요원들은 나를 신경외과 병동에서 엘리베이터로 또 다른 층으로 재빠르게 이동시키더니 수술실인 듯한 곳에 최종적으로 데려다놓았다. 누워서 큰 공간을 구경하니 양쪽으로 여러 개의 수술방 문이 보였다.

내 왼쪽에 이미 침대차 두 대가 있었다. '아⋯. 수술하는 사람이 또 있구나.' 하고 생각하고 있는데 오른쪽으로 엄청나게 많은 수술 침대가 연이어 들어오는 것이 아닌가! 정확히는 모르겠으나 스무 명은 되는 것 같았다.

'이 병원에서 이 시간에만 이렇게 많은 사람들이 수술하다니!'

나는 너무 신기해서 심지어 재밌다는 생각이 들었다. 이번에는 조금 다른 옷을 입은 간호사가 오른쪽 끝에 있는 환자를 시작으로 똑같은 질문을 했다.

'오늘이 며칠이죠? 성함이 어떻게 되시죠? 오늘 어디 수술하시는지 아시나요? 항생제 알레르기 테스트는 하셨나요?'

마지막 질문에는 '네.'라고 대답하고 테스트한 팔을 보여주는 것이 내가 할 일이었다. 바로 앞 사람을 따라 하는 것인지 모두 그렇게 했다. 내 옆옆 환자는 심장 수술이었고 내 옆 환자는 간 수술이었다. 내 차례가 오자 답변을 하고 아까 전부터 조마조마하던 것을 추가로 물었다.

"소변이 조금 마려운 거 같은데요. 화장실 갔다가 수술하면 안 돼요?"

간호사는 지금은 화장실에 갈 수 없다고 했다. 수술실로 들어가면 곧 마취할 예정이며 마취를 하자마자 소변줄을 꽂는다고 했다. 나는 이미 경험해 본 소변줄에 마음이 놓였고 마취라는 단어에 설렜다. 빨리 자고 싶었다. 아무것도 알고 싶지 않았다.

아침 7시 수술이라는 것은 많은 준비 과정을 포함한 시간이었다. 나는 지루하고 또 지루했다. 조금 있다가 드디어 모든 대기 환자들이 부산하게 수술방으로 이동됐다. 수술실로 들어가니 아직 교수님의 얼굴은 보이지 않았다. 대신 간호사들과 레지던트로 보이는 젊은 의사 몇 명이 또 다른 준비를 하고 있었다. 마취 없이 머리를 가를 것도 아닌데 나는 대체 언제 마취 주사를 맞나 하는 생각뿐이었다.

젊은 의사들은 최근 병원 인력의 변동 사항과 업무에 대한 소소한 근황을 서로 나누고 있었다. 나는 대화를 엿들으며 생각했다.

'아…. 직장인들. 일하는 것은 어디나 똑같구나.'

드디어 기다리고 기다리던 마취제가 주삿바늘을 통해 들어갔다.
'일단은 자자. 나는 편안하다.'

"린다야! 린다야! 수술 잘됐단다."

아빠 목소리가 들렸다. 나는 아주 산뜻하게 눈을 떴다. 아빠가 다시 얘기하셨다.
"들어오는데 마침 수술실에서 교수님이 나오시기에 물어봤다. 수술실에서 아무 일도 없었고 계획했던 대로 아주 잘됐다고 하신다."

나는 이 말에 의심이 없었다. 중환자실 시계를 보니 수술이 5시간쯤 걸린 것 같았고 나는 여전히 나였다. 얼굴과 눈은 많이 부어 있는 것 같았지만 어디에도 큰 통증은 없었다.

중환자실 간호사는 나에게 머리에서 통증이 느껴질 때 누르라며 목걸이처럼 거는 진통제가 자동 발사되는 기계를 주었다. 하지만 자발적으로 버튼을 누르고 몸속으로 진통제를 투여하게 하는 시스템을 가진 기계에 묘한 거부감이 들어 거의 사용하지 않았다. 물론 참지 못할 정도로 심한 통증도 없었다.

수술은 끝이 났고 나는 바보가 되지 않은 것에 감사했다.

2장

멈추지 않는 여정

14주차, 퇴원 -

지팡이를
쓰시는 게 좋겠어요

하지만 나는 수술 이후 더 힘이 빠져버린 팔과 다리에 우울했다. 교수님께서는 수술로 인해서 일시적으로 그런 것이니 너무 걱정하지 말라고 하셨다. 사실 생각해봐도 그랬다. 수술 전에도 기능적으로 좋았던 부분은 없었다. 이제부터 시작한다고 생각하면 되는 것이었다.

수술이 끝난 며칠 후부터 나는 하루에 한 번씩 1층 재활치료실로 운동을 하러 다녔다. 하지만 재활전문병원의 스파르타식 치료 환경을 맛보기했던 나는 급성기 환자들을 주로 재활 치료하는 이 병원의 치료 시스템이 왠지 시시하고 하찮게 느껴졌다. 시시한 운동조차도 잘 해내지 못했지만 내 마음이 그런 것이니 어쩔 수 없었다. 그런 이유로 나는 향후 일정에 대해서 하루에도 여러 번씩 마음이 바뀌곤 했다.

수술 후 한 번은 병원 식당가에서 몰래 친가 친척들을 만났다. 모두 스테이플러 심으로 길이 나 있는 내 머리를 보고 많이 놀라는 눈치였다. 고모가 먼저 말을 꺼내셨다.

"린다야, 아니 어떻게 이 무시무시한 일을 다 해냈니."

그런데 생각해 보면 나는 한 게 없었다. 나는 대답했다.
"고모! 무서운 건 의사가 다 했어요. 저는 잠만 잤어요."

교수님을 포함해서 신경외과 의사라는 사람들은 어떻게 그렇게 인자하고 편안한 얼굴을 하고 이런 무서운 일을 하는지 나도 신기했다. 그들은 나와 다른 종족임이 틀림없었다.

나에게는 수술 2주 후 스테이플러 심을 제거하는 일과 한 달 후 MRI를 찍는 일정이 남아 있었다. 나는 스테이플러 심을 제거하기도 전에 병원을 나왔다. 좋은 대학 가려고 유명 학원을 찾는 학생처럼 유명 재활센터를 다녀야겠다고 생각했다. 오랜만에 다시 병원을 나왔다. 병원에 있을 때면 늘 소고기를 구워 먹고 싶다는 생각이 들었다. 그런데 엄청난 수술을 한 나는 핑계가 훌륭해 원 없이 소고기를 먹을 기회를 누렸다.

퇴원 후 엄마와 아빠와 나는 서울의 한 멋진 고층 아파트에 머물렀다. 이모가 비어 있는 아파트에 필요한 세간살이를 준비해두셨다. '왓 어 뷰 티풀 라이프!' 몸만 자유로웠으면 이곳에서의 생활이 아름다운 라이프였 겠다고 생각했다.

나는 날마다 택시를 타고 거리가 꽤 먼 재활센터를 다녔다. 엄마는 나를 보필하는 것이 힘드셨는지 아빠에게 보호자 선배 노릇을 하곤 하셨다. 때때로 아파트를 나설 때면 엄마는 '오늘은 당신이 한번 해봐요!' 하고 전담 보호자 역할을 아빠에게 위임하셨다. 남자의 뇌와 여자의 뇌는 다른 것 같았다. 매 순간 섬세하게 내 모든 것을 살피는 엄마와는 달리 아빠는 나를 잘 챙기지 못하셨다. 아빠는 내 움직임의 전체적인 그림을 보지 않고 온종일 발만 뚫어지라 쳐다보셨다. 빠른 걸음으로 걸어가 엘 리베이터를 잡고 나를 기다리기도 하셨다. 나는 아빠의 행동을 이해할 수 없었다. 주어진 미션을 열심히 수행하고 있다는 사실 자체가 아빠에게는 중요해 보였다. 세심하게 사람을 보살피는 것은 역시 여자의 영역인 것 같다고 나는 생각했다.

아빠가 내 케어를 너무 어려워하셔서 주로 엄마와 아파트 주변 산책로에서 걷는 연습을 하곤 했다. 그 모습은 정확히 아기 걸음마 연습하는 것 같았다. 엄마는 내 앞에서 뒷걸음질로 걸어가면서 잘한다며 후렴도 넣고 용기를 북돋아주셨다. 나는 이렇게 계속 연습하다 보면 결국 걷게 되는 건가 하면서도 뭔가 이상하다는 생각이 있었다. 내 걸음은 동작이 요란한 반면 일반인들의 걸음은 매우 다소곳하고 편안했다. 당시 내 소박한 바람은 제대로 된 걷는 방법을 배우는 것이었다.

수술 한 달 후 MRI를 찍는 날이 점점 다가오고 있었다. 당초 내 계획은 MRI 촬영 후 고향 집에 갈 때 혼자 걸어서 기차를 타는 것이었다. 하지만 그 목표는 지금 공부해서 하버드를 가보겠다고 하는 허황된 꿈과도 비슷한 일이라는 것을 나는 알게 되었다.

재활센터 치료 선생님은 열정적이었고 치료 1시간 동안 나에게 다양한 운동을 시켰다. 나에게 아마 다양하게 문제점이 많았으리라. 한 달 동안 센터를 열심히 다녔으나 발을 들려고만 하면 발가락이 자동으로 꼬부라지는 문제는 답이 없어 보였다. 어느 날 큰 진전이 없는 나에게 선생님은 손가락으로 V자를 만들어 턱에 받치고 혼자 고민하는 표정을 짓더니 얘기했다.

"아무래도 걷는 것에 대한 불안함이 많아서 정상 보행을 연습하기가 힘든 것 같아요. 당분간은 지팡이를 쓰시는 게 좋겠어요. 지팡이를 사용하면 자세가 무너지는 단점이 있기는 해요. 그래서 저도 고민이 되긴 하는데요. 내일 지팡이를 가져오시면 앞으로 어떻게 걸어야 할지 같이 한번 보도록 하죠."

재활병원으로
가다

나는 너무 우울했다. 보조도구를 쓰는 것은 너무 싫었다. 그날 오후 병원에서 병변 제거가 잘 되었다는 MRI 촬영 결과를 듣고 돌아와 고민했다. 뇌졸중이 발생하면 큰 병원에서 응급처치나 수술을 한 후 해당 병원에서 1-2주간 급성기 재활 치료를 받는다. 그 후에는 재활전문병원으로 옮겨 짧게는 몇 개월에서 1년 정도 재활 치료를 받게 된다. 이것이 일반적인 수순이었다. 나는 부모님 곁에서 잘 먹으면서 재활 치료를 하자는 부모님 의견대로 수술 한 달 후에 고향 집에 내려가기로 되어 있었다. 엄마도 나이 든 아빠를 혼자 두고 오랜 기간 내 간병을 할 수 없다고 하셨다.

얼마 전, 요양보호사가 여러 명의 환자를 돌보는 간호 간병 통합 시스템이 있는 병원에 대해서 들었다. 그 병원이 생각나서 인터넷으로 검색해 원무과에 입원 문의를 했다. 약간의 거동이 가능한 나는 다행히도 그 병원에 입원이 가능한 환자였다. 나는 재활전문병원에 가지 않는 것은 학생이 정규교육과정을 받지 않은 것과 비슷하다고 생각했다.

고향 집으로 내려가기로 예정된 날 이틀 전, 부모님께 내 변경된 계획을 알렸다.

"저… 간호 간병 통합 시스템이 있는 병원이 있어서 혼자 재활병원에 들어가려고 해요."

나는 이 문장을 다 끝내지 못하고 서럽게 울었다. 병원에 입원하는 것이 맞는 선택이라고 생각했다. 하지만 나는 벌써 세 달 동안 갓 태어난 아기처럼 부모님에 의지하고 살아왔다. 부모님과 떨어진 낯선 곳에서 잘 지낼 수 있을까 한없이 불안하고 걱정이 됐다.

'낯선 외국에 어쩔 수 없이 돈 벌러 가는 심정이 이런 것이었을까?'

나는 원치 않지만 가야만 하니 가는 사람의 마음이었다. 내 결정이 마음에 들지 않으신 아빠는 계속해서 못마땅한 표정을 지으셨다. 나 역시 어디 전쟁터라도 가는 사람처럼 무슨 말만 시작하면 감정을 제어하지 못하고 눈물부터 흘렸다.

입원하러 가는 날 아침, 아빠는 택시 앞자리에서 얘기하셨다.

"누가 너한테 못되게 하면…. 티브이에 보면 꼭 간병인들이 환자를 때리고 그런 얘기가 나오더라."

나는 어이가 없다는 말투로 대답했다.

"그런 게 어디 있어요. 그리고 아빠, 행여 무슨 일이 있다 해도 제가 가만히 있을 사람이에요? 말을 못 해요. 생각을 못 해요. 저는 마음에 안 드는 게 있으면 병원에 다 말할 거예요. 그런 걱정은 하지도 마세요!"

그렇게 엄마, 아빠, 나 셋은 각자의 마지못한 감정을 한가득 안고 경기도의 한 재활병원에 도착했다.

나는 간단한 입원 절차를 밟고 병실로 들어갔다. 곧 요양보호사 선생님들은 내 캐리어의 물품을 정리하면서 자신들의 노트에 물품 항목을 꼼꼼히 적었다. 요양보호사 선생님은 도와줄 사람이 없을 때를 대비해 챙겨간 택배 상자 개봉용 가위와 주방용 가위를 압수했다. 콜 벨을 누르면 본인들이 다 도와주겠다고 했다. 걱정했던 것과는 다르게 요양보호사라는 분들은 생각보다 전문적인 것 같았다.

내가 지팡이를 짚고 화장실에 가자 내 상태를 확인하려는 요양보호사 선생님 한 분이 뒤따라왔다. 그러고는 아무렇지도 않게 내가 들어간 화장실 문을 열었다. 요양보호사 선생님은 필요한 게 있으면 편안하게 얘기하라고 했다. 나는 이 상황이 전혀 불쾌하지 않았다. 그들이 나를 따뜻한 표정으로 맞이해주기도 했으며 외모도 엄마와 비슷했다. 나는 엄마처럼 의지할 수 있는 사람이 필요했다. 나는 눈물을 흘리며 마음을 털어놓았다.

"화장실 문을 아무렇지도 않게 여는데 꼭 엄마 같아요. 흑흑."
'사람은 적응의 동물이라는데 나는 이렇게 조금씩 낯선 상황에 적응하는 것이겠지?'
사람이 적응의 동물이라서 참 다행이었다.

수간호사가 나를 찾아와 말했다.
"아까 지팡이로 걸어 들어오시는 걸 봤는데요. 아직 걷는 게 많이 불안하시더라고요. 좀 안정감 있게 걸을 때까지는 당분간 휠체어를 쓰시는 게 좋겠어요.
하며 수간호사는 렌털 업체를 알려주었다.
좋아지기는커녕 갈수록 혹이 하나씩 더 생기는 것 같았다. 하지만 한편으로는 이 병원에서 휠체어를 떼고 걷는다는 것은 내 걸음의 안정성을 보장받는 것일 거라는 생각이 들었다. 병원에 대한 신뢰와 기대감도 생겼다.

'큰 재활전문병원이니 분명히 날 잘 도와줄 거야. 열심히 하자.'

엄마는 병원에서 준비해달라고 한 물건들을 근처 편의점에서 구해오셨다. 입원 생활을 위한 모든 준비가 끝났다. 엄마는 마지막으로 근처 카페에서 조각 케이크를 몇 개 사서 간호사실을 통해 넣어주셨다. 그리고 전화로 잘 지내라며 작별 인사를 하면서 울먹이셨다. 하지만 나는 새로운 환경에 적응하느라 마음이 바쁜지 엄마보다는 괜찮아졌다는 느낌이 들었다.

<나를 다시 빛나게 한 문장들>

『참을 수 없는 존재의 가벼움』, 밀란 쿤데라

'인생을 한 번 사는 우리는 현재 삶을 과거의 삶과 비교할 수 없고 현재의 삶과 비교해 미래의 삶을 완벽하게 만들 수도 없다. … 우리는 예고도 없이 주어진 그대로의 삶을 살아야 한다. 마치 리허설을 하지 않고 무대에 오른 배우처럼.'

삶의 특성은 너무 무자비하다. 하지만 무차별적으로 주어진 우리의 삶을 잘 살아 내야만 한다.

18주차, 평가 -

걷는 게
꽂게 같아요

병실에 들어온 지 2시간 정도가 지나자, 치료실에서 평가하러 오라고 연락이 왔다. 나는 익숙한 지팡이 걸음걸이로 치료실까지 걸어갔다. 내 담당 치료사인 어린 여자 선생님은 나를 치료 매트로 안내했다. 어느 곳이나 재활 치료는 가장 먼저 평가라는 것을 한다. 선생님은 이 평가를 통해 향후 내 치료 계획을 세우고, 운동의 방향성을 정한다.

담당 치료사 선생님은 먼저 아무 문제가 없는 오른쪽 다리에 대한 평가를 진행했다. 그다음에는 환측에 대한 평가를 진행했다. 선생님은 전체적인 관절의 가동 범위를 확인하고 발목, 무릎, 골반, 허벅지 뒷 근육의 근력, 강도, 감각, 균형 능력 등을 확인했다. 그러고는 평가 가이드라인에 따라서 모든 항목에 점수를 매겼다. 선생님은 나의 발목 돌아감이 다른 환자들보다 심하다고 판단하고 발목 운동을 열심히 해야 한다고 했다.

전문 용어로 말하자면 인버전(안쪽번짐)과 풋드랍(족하수)의 경향성이었다. 또 햄스트링이라고 하는 허벅지 뒷 근육의 활성화도 거의 안 되어 있어서 무릎을 구부리지 못하고 다리를 바깥으로 휘돌려서 걷는 경향도 심하다고 평가했다. 팔의 강직도 많은 편이라 운동에 방해가 되는 요소도 많다고 했다.

평가가 모두 끝난 후 선생님은 "아까 걷는 것을 봤는데 그렇게 걸으면 안 돼요."라고 격양된 어조로 얘기했다. 내 걸음을 흉내 내면서 걷는 모습이 꽂게 같다고 했다. 내 걸음이 이상한 것은 알았지만 직접 얘기를 듣고 나니 현실이 인지되었다. 어리지만 강한 캐릭터를 지닌 선생님과 운동할 것을 생각하니 많이 회복될 모습이 기대되기도 했다. 한편으로는 아무리 이 모든 평가 결과들이 사실이라고 해도 처지는 마음 또한 어쩔 수 없었다.

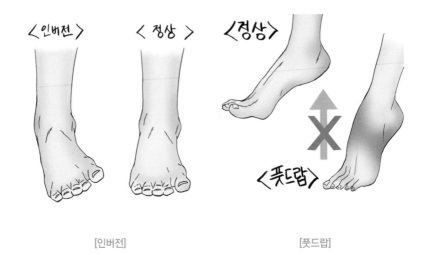

<인버전> < 정상 > <정상> <풋드랍>

[인버전]　　　　　　　　　　[풋드랍]

운동 평가가 끝난 후, 팔과 손 사용을 위한 작업 치료 평가를 받기 위해 작업 치료 담당 선생님을 만나러 갔다. 이전에 잠시 머물렀던 재활병원에서는 왼손으로 거의 할 수 있는 게 없는데도 왼손에 대한 평가를 진행했다. 그런데 이 재활병원에서는 왼손에 기능이 거의 없다고 판단한 것인지 모든 평가를 오른손으로 진행했다.

'이미 완벽하게 멀쩡한 손을 평가해서 뭐 한다는 거지? 한 손만 쓸 수 있으면 된다는 거야, 뭐야!'

나는 이 평가가 뭔가 마음에 들지 않았다. 평가에는 선생님의 지시에 따라 몸동작을 취하거나 받아 적기를 하는 것도 포함되어 있었다. 여기가 어딘지를 묻거나 간단한 계산 질문을 하기도 했다. 이것은 분명 인지 능력을 평가하는 것이었다. 그새 뇌 질환 환자로 사는 생활에 익숙해진 나는 이런 인지 평가가 더는 당혹스럽지 않았다.

내 심리 상태를 검사하는 것 같은 질문지도 있었다. 기억에 남는 질문은 이런 것이었다. 내가 이렇게 된 건 벌을 받아서라고 생각하는가. 내가 전보다 매력이 없다고 느끼는가. 전보다 성에 관심이 없어졌는가. 조금 서글플 수 있는 질문들이었지만 최대한 냉정하고 객관적으로 각 질문에 점수를 매겼다.

평가가 모두 끝난 후 나는 선생님에게 손의 강직이 심해서 걱정된다고 했다.

선생님은 가볍게 답했다.

"느낌상 좋아지실 거 같은데요?"

아무 의미 없는 말인 것은 알지만 그래도 그녀의 느낌이 맞았으면 좋겠다고 생각했다.

19주차, 집중 재활 –

그런 표정 지을 거면
오지 마!

치료 시간이 많이 부여된 향후 6개월간 병원에서의 내 치료 일정은 이러했다. 각각 30분씩 진행하는 운동치료가 하루 4타임, 작업치료 역시 각각 30분씩 5타임이었다. 추가로 신경에 자극을 주는 전기 치료(FES, functional electrical stimulation)가 2타임, 코끼리라는 자전거를 타는 시간이 2타임이었다.

이것은 사실이다. 나는 하루 2시간의 운동 치료 중 80%의 시간동안 오로지 발목 운동만 했다. 두 운동 치료 선생님은 나에게 발목 운동만 시켰다. 나머지 20%는 기본적인 코어 운동이나 햄스트링 운동이 대부분이었다. 수술 후 한 달 동안 하루 1시간씩 재활센터에서 운동했지만 왜 큰 개선이 없었는지 이해가 갔다. 이 발목 운동만 주구장창하면서 도대체 언제 선생님과 걷는 연습을 하는지 알 수 없었다.

3주 차 정도가 되자 나는 오른손으로 바를 잡고 왼쪽 다리로 걷는 동작을 세분화하여 연습하는 것으로 진도가 조금 더 나갔다. 하지만 이때도 내 치료의 80%는 여전히 '끙' 하는 힘을 쓰며 발목을 올리는 운동이었다. 뇌 질환 환자는 몸을 부분적으로 움직일 수 없다. 몸의 섬세하고 세밀한 조절 능력이 없어진 것이다. 그래서 누워서 발목을 들어 올리려고 안간힘을 쓰면 왼팔과 왼손, 그리고 왼발가락이 모두 함께 힘이 들어가 오그라든다. 다리 운동을 하면 팔이 아파 죽을 지경이었다.

선생님께 배운, 그리고 여러 온라인 콘텐츠를 통해 내가 배운 정상 보행 주기를 설명해보고 싶다. 우리는 보행에 대해서 생각하며 살고 있지 않지만 사실 정상인들도 여러 가지 이유로 정상 보행에서 벗어난 걸음을 하는 사람들이 많다.

오른쪽 다리부터 시작한다고 해보자. 먼저 오른 다리가 땅에서 떨어져 발뒤꿈치부터 땅에 닿고 그다음 발바닥 가운데와 앞부분이 땅에 닿는

다. 발뒤꿈치가 땅에 닿을 때 반드시 발목이 들어 올려져야만 땅에 발이 걸리지 않는 안전한 보행이 가능하다. 땅에 발 앞부분이 닿는 순간에는 내 체중과 중력을 받는 지지가 이루어진다. 이때는 무릎이 15~20도 정도 구부러진다. 이 구부러진 무릎이 일자로 펴지면서 반대편(왼 다리)다리가 땅에서 떨어지고, 왼발 역시 발뒤꿈치부터 발 앞부분까지 땅에 안정감 있게 닿으면서 체중의 지지와 다음 다리로의 토스가 자연스럽게 이루어진다. 이 모든 과정이 큰 힘을 들이지 않고 연결 반복되는 것이 정상 보행이다.

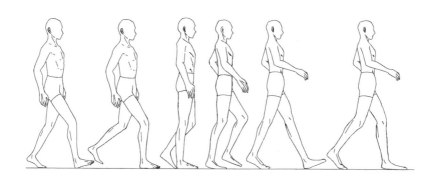

[정상 보행 주기]

이 과정을 위해서는 하지의 모든 기능이 가능하다는 전제하에 자연스러운 연결 동작이 만들어져야 한다. 선생님이 자주 얘기하시는 몸의 협응 능력이 있어야 한다.

나는 사실 협응 능력은커녕 꽤 심한 인버전(안쪽 번짐)의 경향성으로 인해 발도 땅에 제대로 닿지 않는 환자였다. 그래도 어서 빨리 걷는 연습을 하고 싶었다. 선생님들과 게이트(보행)를 하는 환자들이 정말 부러웠다. 내가 볼 때는 그 환자들도 썩 잘 걷지 못하는 것 같았다.

하지만 내 메인 운동 담당 선생님의 생각은 확고했다. 그것은 바로 '이린다님이 지금 걷는 연습을 하는 것은 발이 땅에 제대로 닿지 않기 때문에 의미가 없다. 이린다님은 젊으니까 예쁘게 걸어야 한다.'였다. 참 책임의식이 투철한 선생님들이었다.

입원한 지 4주가 지난 후, 부모님께서 첫 면회를 오셨다. 요양병원보다 더 엄격한 규정을 가진 재활병원에서는 코로나로 인하여 대면 면회를 할 수 없었다. 그래서 우리는 유리문을 사이에 두고 서로 전화 통화를 하는 비대면 면회를 진행했다.

나는 재활병원 입원 전 걸었을 때의 느낌을 기억하고 있었다. 놀랍지만 발이 땅에 닿지 않고 걷는 것이었다. 나는 4주간의 집중적인 운동 덕분에 최소한 땅에 발이 닿는 무게감을 느꼈다.

이 무렵 재활병원에 있는 환자들과 직원들은 나에게 처음보다 많이 좋아졌다고 칭찬했다. 하지만 그것은 미묘한 차이를 발견한 것일 뿐이었다. 재활은 아무리 열심히 해도 눈에 띄는 성과는 바늘구멍 만큼이었다.

부모님은 내심 기대를 하고 기차를 타고 오셨을 것이었다. 한껏 밝은 모습으로 자신 있게 내 걸음을 자랑하는데 유리문 맞은편 부모님의 표정은 좋지 않으셨다. 특히 아빠는 오만상을 찡그리고 계셨다. 죽도록 걸어야 한다는데 이 병원에만 갇혀서 뭐가 좋아지겠냐는 것이었다.

부모님은 무슨 이유인지 재활전문병원에 대한 신뢰가 없으셨다. 내가 입원을 결정했을 때 병원 홈페이지를 둘러보시던 아빠는 '이 병원은 제대로 된 침을 놓는 사람도 없는 병원'이라고 하셨다. 아빠는 옛날 사람이어서 '중풍 치료는 침이 먼저다.'라고 생각하셨다. 그리고 하염없이 걸어야 한다고 생각하셨다.

나는 입원 전 아빠에게 단호하게 얘기했다.

"아빠! 현존하는 편마비의 유일한 치료 방법은 재활이에요. 재활이 1순위이고 침은 부수적인 거예요!"

늙고 고지식한 아빠는 귀로는 내 얘기를 듣고는 있지만 실제로 듣지는 않으셨다. 그래서 아빠는 내가 이 재활전문병원에 있는 것을 못마땅해 하셨다. 나를 안타까워 죽을 것 같은 표정으로 쳐다보시는 아빠의 모습이 견딜 수 없이 싫었다. 밝은 표정으로 '좋아진 것 같으니 열심히 해라.'

라고 얘기해줬으면 좋겠다고 생각했다. 아빠의 찡그린 모습과 엄마의 곧 울 것 같은 표정에 나는 참지 못하고 또 눈물을 흘렸다. 그리고 화를 냈다.

"그런 표정 지을 거면 오지 마! 앞으로."

나는 예정된 면회 시간을 다 쓰지 않고 뒤돌아서 병실로 걸어들어왔다. 발에 맞지 않는 짝퉁 다이소 크룩스를 신고 지팡이를 짚고 불편하게 걷는 내 뒷모습이 부모님을 더 속상하게 할 것 같았다. 하지만 이 상황을 참을 수 없었다. 우는 모습을 보여주고 싶지도 않았다. 병실로 걸어오는데 요양보호사 선생님 한 분이 안타깝게 나를 바라보았다. 진짜 면회를 그만할 거냐고 했다.

"네, 그냥 가라고 전해주세요."

가슴이 찢어지는 듯한 고통이 느껴졌다. 나는 병실로 돌아온 후 계속해서 걸려오는 엄마의 전화를 받지 않았다.

『죽음의 수용소에서』, 빅터 프랭클

'아무리 절망스러운 상황에서도, 도저히 피할 수 없는 운명과 마주쳤을 때에도 삶의 의미를 찾을 수 있다는 사실을 잊어서는 안 된다. 왜냐하면 그것을 통해 유일한 인간의 잠재력이 최고조에 달하는 것을 볼 수 있기 때문이다.'

힘든 순간을 겪을 때마다 더 강력한 힘이 샘솟는다. 반드시 이 어려움을 기회로 바꿔놓고야 말겠다는 생각을 한시도 놓지 않겠다.

5개월차, 보조기 착용 -

좋아지면
그만하는 거예요

하루는 내가 병원 로비를 걷는 모습을 본 담당 선생님이 치료가 시작되자마자 대뜸 뭐라고 했다.

"이린다 님, 그렇게 걸으면 안 돼요! 아니 그러니까 허리가 아프다고 하는 거죠. 오른쪽 다리에 그렇게 힘을 주면 안 돼요. 아니 환자분들이 기껏 치료 시간에 배워놓고 막상 걸을 때는 본인들 마음대로 걷는다는 거, 저도 다 아는데요. 정말 그렇게 하면 안 돼요. 지금 이린다 님이 걷는 건 걷는 게 아니에요!"

나는 왼쪽 발을 발뒤꿈치부터 발 중간, 앞부분까지 예쁘게 닿게 하려고 노력을 하면서 걷고 있었다. 하지만 그것은 노력뿐 대부분 성공하지 못했다. 왼발이 그것을 수행하는 동안 내 오른발부터 발목, 골반, 허리까지 몸의 오른쪽은 마치 땅바닥과 싸우는 것처럼 지나치게 과한 지지를 하고 있었다. 누가 봐도 말이 안 되는 걸음이자 연결 동작이었다. 나는 오른쪽에 대한 의존도가 높은 걸음을 하다 보니 당시 허리 통증도 시작됐다.

나도 이 어리고 열정적인 선생님의 마음을 모르는 것은 아니었다. 본인의 환자들이 올바른 보행을 하기를 바라는 마음이었던 것이었다. 선생님은 오른쪽 다리의 힘을 빼라고 했다. 그런데 나는 너무 힘들었다.

'아니 그럼 왼발을 드는 동안 두 다리가 다 하늘에 떠 있을 순 없잖아. 불안한데 오른발과 다리에, 멀쩡한 오른쪽에 힘을 주는 건 당연한 거 아냐? 내가 뭘 더 할 수 있지?'

나는 서러움이 폭발했다. 어찌 보면 별거 아닐 수도 있는 일이지만 나는 그날 병실에 들어와 선생님을 바꿀 거라며 엉엉 울었다. 평소 잘 울지 않았던 내가 올해는 왜 이렇게 많이 우는지 내가 꼭 다른 사람이 된 것 같았다.

입원 한 달 후, 결국 운동 메인 담당 선생님이 교체되었다. 담당 선생님이 열정적이고 좋은 선생님인 건 알았지만 내 마음도 중요했다.

변경된 운동 메인 담당 선생님은 남자 선생님이었고 이전 선생님보다 경력은 조금 더 많았다. 내가 까다로운 환자처럼 보였는지 선생님은 나를 조금 어려워하는 듯했다. 선생님의 말투는 이런 식이었다.

"지금보다 더 잘 걸으려면 동작 하나하나에 더 집중해서 정말 열심히 하셔야 해요."

이 무미건조한 말이 나는 그 어떤 지시보다 강력하게 느껴졌다. 나를 조심스럽게 대하던 선생님 말의 의중은 정~말 열심히 해야 한다는 것이었다. 한동안 선생님과의 치료 시간은 이전 선생님과는 또 다른 스타일의 긴장을 유발했다.

나는 수술한 병원 재활의학과에서부터 보조기를 맞추는 것이 좋겠다는 얘기를 들어본 적 있었다. 이 병원 원장님은 먼저 그것을 권하지는 않으셨다. 그러나 어느 날 치료사 선생님이 보조기를 쓰는 것에 대해서 넌지시 얘기를 꺼냈다. 나는 보조기에 대한 거부감이 있었다. 나는 빨리 정상인처럼 걷고 싶었지 뇌 질환 환자인 것을 겉으로 티 내고 싶지 않았다.

내가 보조기에 거부감을 느끼자 선생님은 얘기했다.

"걷는 데에는 발이 땅에 닿는 것만 필요한 게 아니에요. 허벅지, 무릎, 골반의 움직임과 같이 걷는 데 필요한 다른 근육을 쓰는 법도 배워야 해요. 보조기가 꼭 나쁜 것만은 아니에요. 치료 시간에는 보조기를 빼고 발목 운동을 할 거고요. 제 생각은 그런데요. 원장님과 한번 의논해보시고요."

나는 담당 치료사 선생님의 의견을 최대한 존중하며 처음으로 진지하게 보조기를 착용할 것을 고민했다. 다음 날 원장님과 면담했다.

"치료사 선생님이 보조기를 권유하셔서요."

원장님은 나에게 발목을 들어보라고 지시하셨다. 한 달 동안 발목 운동에 치중한 나는 최대한 노력해서 발목을 들었다. 이 정도면 꽤 잘했다고 생각했다. 하지만 원장님의 반응은 내 예상과 달랐다.

"쓰시는 게 좋겠네요."
"아, 네. 그런데 이걸 쓰면 혹시 평생 써야 하나 해서요."
"아니요. 말 그대로 보조도구예요. 지팡이처럼 좋아지면 그만 쓰는 거예요."

"아 그래요? 그러면 하는 거로 하겠습니다."

말이 끝나기가 무섭게 원장님은 간호사에게 보조기 업체에 전화할 것을 지시하셨다. 나는 어떠한 관점의 전환을 시도해볼 필요가 있다고 생각해서 이 결정에 만족했다.

며칠 후 보조기 업체 담당자가 내 발의 길이와 둘레를 측정해갔다. 선생님은 보조기를 착용하면 드라마틱한 느낌은 없더라도 좀 편안하다는 느낌은 들 것이라고 얘기했다.

드디어 보조기가 도착한 날, 나는 선생님과 지금까지 가장 편안한 게이트(보행)를 했다. 보조기를 착용하니 더는 발이 뒤집히지 않아 발을 들어 땅에 놓기 위해서 안간힘을 쓰며 끙끙대지 않았다. 나를 보는 병원 내 사람들의 반응도 좋았다.

나는 여름이 시작할 무렵, 전 회사에서 친하게 지내던 친구의 결혼식에 참석하지 못해 한동안 울적해했다. 그것을 제외하고는 조금씩 병원 생활에 적응해 나갔다.

[보조기를 착용하고 걷는 연습]

나는 다시 빛날 거야

8개월차, 기적 -

거 참 변태 같은
사랑이네

어느 여름날, 친한 친구에게서 여러 차례 부재중 전화가 와 있었다. 전화를 꼭 해달라는 메시지를 남긴 것으로 봐서 몹시 중요한 전화인 것 같았다.

친구에게 전화를 하자 친구가 말했다.

"너는 모르는 내 친구가 있거든? 그런데 걔 친구 중에 한 명이 은사를 받았대. 내 친구한테 우연히 너 얘길 했거든. 그런데 걔가 갑자기 자기 친구 얘길 하는 거야. 자기 친구가 하나님의 음성을 듣는대."

나는 은사가 무슨 말인지 몰랐지만 눈치껏 이해했다.

"그 은사를 받은 친구가 부산에 산대. 그런데 다음 주에 서울에 볼일이 있어서 잠깐 올 예정인가 봐. 너한테 기도를 해줬으면 좋겠는데, 너를 만날 수 있는지 확인해보려고 하거든. 넌 어떻게 생각해?"

"음… 뭐. 근데 외출을 어떻게 해야 하나."
타 병원 진료가 아니면 원칙적으로 외출 허가를 받는 것은 힘들었다. 나는 외출 허가를 어떻게 받아야 할지 먼저 떠올렸다.

"그 친구가 어떤 능력이 있는지는 나도 잘 모르겠지만, 나는 지금 이 상황에서 네가 해볼 수 있는 것은 다 해 봐야 한다고 생각해."
"음… 어… 그치."

"너가 너무 걱정돼서 얼마 전에 엄마한테 너 얘기를 했거든. 근데 알고 보니까 내가 태어나기 전에 외할머니가 너처럼 뇌출혈로 쓰러지셨대. 엄마 말로는 정말 상태가 안 좋으셨대. 그런데 내가 컸을 때 기억하는 우리 할머니는 정말 건강하고 멀쩡하셨거든. 그래서 그 얘기를 몰랐던 거야. 내가 태어나기도 전에 있었던 일이니까. 할머니가 뇌출혈로 처음에 상태가 아주 안 좋았는데, 어떤 기도원에 가서 기도를 받으시고 그때부터 급

속도로 좋아지기 시작하시더니 결국 완전히 회복을 하셨대. 내가 그 기도원을 좀 알아보려고 했는데, 너무 옛날이어서 이제 기도를 해주신 분이 안 계실 거래. 린다야, 우리가 몰라서 그렇지 불치병이었는데 기도의 힘으로 치료한 사람들이 정말 많아."

나는 기독교인은 아니지만, 친구는 내가 생각하는 이상적인 기독교인이었다. 같은 초등학교 동창이 아닌 친구를 어딘가에서 처음 만나서 지금까지 친한 친구로 지내왔다. 나는 그 장소가 학원인 줄 알았고 친구는 교회 여름성경학교라고 했다. 어릴 때는 나도 교회를 다녔다. 성인이 되어서도 몇 번은 친구를 따라서 교회에 나갔다. 어쨌든 친구는 항상 불가능해 보이는 일도 목표와 믿음을 갖고 기도하며 묵묵히 해나가는 사람이었다.

친구가 긍정적인 측면을 가진 기독교인이었기 때문에 유독 생각이 강한 나도 친구의 의견은 듣는 편이었다.

"그래. 나도 뭐든지 해볼 수 있는 건 다 해 봐야 한다고 생각해. 그분이 나를 위해서 기도를 해준다면 뭐 나쁠 건 없잖아. 외출을 어떻게 할 수 있을지 한 번 고민해봐야겠다."
"그래. 린다야. 할 수 있는 건 뭐든지 다 해 봐야 해. 나도 친구를 통해서 그분이 너한테 와줄 의향이 있는지 한번 확인해 볼 테니까, 너도 가능한 시간을 확인해 봐, 알았지?"

"응 그래 소연아. 신경 써줘서 고마워."

나는 보조기와 지팡이를 하고 걷는 연습을 하고 있었지만 혼자 병원 밖을 나가는 것은 자신 없었다. 그래서 외출 계획과 함께 엄마의 스케줄도 확인해야 했다.

시야 장애 진단을 받았을 당시, 흐릿한 눈에 조금이라도 도움이 되고자 병원 근처 안경점에서 싸구려 안경을 급하게 맞췄다. 잠시 쓴다는 생각으로 대충 맞춘 것이어서 장기적으로 쓸 편안하고 좋은 안경을 맞출 필요가 있었다. 참고로 내 눈은 시신경의 문제이기 때문에 안경으로 교정이 가능한 것은 아니었다. 나는 전에 한번 병실의 다른 환자가 안경을 맞춘다고 외출 허락을 받은 것이 기억났다.

'근처 안경점에 간다고 하면 되겠구나.'

나는 담당 의사 선생님께 다음 주 토요일로 외출 허락을 받았다. 엄마에게도 그날 와달라고 부탁했다. 이유도 모두 솔직하게 얘기했다.

기대하던 날이 되었다. 나는 엄마와 병원에서 제일 가까운 안경점에서 안경을 맞춘 후, 더 중요한 오늘의 목표를 위해 병원 옆 카페의 구석진 자리를 잡고 앉았다. 그리고 나를 위해 기도해 줄 또래의 젊은 여자를 기다렸다.

미리 전달받은 카카오톡으로 위치를 파악한 그녀가 나를 보고 걸어왔다. 그녀가 나의 구세주가 되어줄 수 있을까? 재활 치료를 열심히 해야 하는 것이 내 본분이지만, 기적 같은 회복을 기대하는 것은 당연한 마음이었다. 항상 좋은 생각만 하려 노력했지만, 사실은 내 이 몸이 벌써 지겨워졌다.

그 친구는 자신을 전도사님 또는 목사 사모라고 부르면 된다고 했다. 남편이 목사님이기 때문에 사람들이 그렇게 부른다고 했다. 이 전도사님 친구는 나를 하나님이 맺어준 친구라고 했다. 하나님의 음성을 듣고 한 걸음에 달려왔으며 내가 다 나을 것이라고 말했다. 하나님이 나를 너무 사랑하셔서 잠시의 시련을 주신 것이라고도 했다.

'거 참 변태 같은 사랑이네.'
하는 빈정거리는 마음은 없었다. 내 일이고 지금 가장 진지하고 중요한 일이었다.

전도사님 친구는 나에게 성경책을 선물했다. 그리고 일주일 후에 다시 찾아올 테니 그때까지 성경의 마태복음, 마가복음, 누가복음을 천천히 읽어보라고 했다.

"다음 주에 내가 와서 기도하면 린다 씨는 완전히 낫게 될 거예요. 우리 다 나아서 이 병원을 함께 나가요."

다시 한번 말하지만 나는 너무 진지했다.

8개월차, 기적 -

믿음의
문제

나는 기대감에 가득 차 병실로 들어왔다. 그리고 불편한 눈이지만 경건하고 진실한 마음으로 마태복음 첫 페이지를 펼쳐 읽기 시작했다. 누가 누구를 낳고가 반복되는 족보 이야기에서 드디어 예수님이 출현하셨다. 예수님은 어딘가를 가시는 동안에 눈이 안 보이는 사람, 중풍 환자, 다양한 몸이 아픈 환자들을 고치셨다.

그리고 내가 파악한, 여기서 고치는 기적의 핵심은 예수님이 완전히 고치시리라는 것을 믿는다는 데에 있었다. 예수님은 덜 믿는 자를 꾸짖

기도 하시고 믿음이 강한 자는 믿음이 강했던 이유로 다 나았다며 칭찬을 하시기도 하셨다. 생전 처음 한 줄 한 줄 읽어보는 성경의 내용이 어렵고 낯설었지만 이 정도는 느낌으로 파악할 수 있었다.

무신론자인 나는 지적 호기심이든 어떤 이유에서든 살다가 한 번은 종교를 가져보고 싶다는 생각을 했었다. 특히 전 세계 많은 사람이 믿는 기독교에 대해서는 꼭 한번 알아보고 싶다는 마음이 있었다. 바쁜 삶 속에서 그 관심을 실행에 옮기지 못했다. 하지만 마태복음을 읽어보니 그 내용들이 꽤 괜찮다는 생각이 들었다. 사람들이 왜 이것을 읽는지 이유를 알 것 같았다. 이 믿음에 관한 내용. 그것은 읽을 가치가 있고 좋은 내용이었다.

하지만 이 글들이 내가 읽기에 쉬운 내용은 아니었다. 나는 카카오톡으로 전도사님 친구에게 궁금하고 이해가 안 가는 내용을 물어보며 읽었다. 하지만 눈의 불편함 때문에 진도를 많이 나가는 것은 힘들었다. 눈이 불편해서 읽기 힘들다고 하자 전도사님 친구는 자신감을 넘어 당연하다는 말투로 말했다.

"나중에 눈이 잘 보이면 그때 우리 함께 읽어요."

다 낫는다는 믿음. 사실 이것은 사건의 당사자인 내 몫이었다. 나는 전도사님 친구와 다시 만날 때까지 계속해서 믿는 연습을 했다.

'세상에는 우리가 알 수 없는 일들이 많이 생겨. 분명히 기적이라는 게 있을 거야. 그리고 그 기적의 주인공이 내가 될 수도 있어. 내가 기적의 주인공이야.'

계속해서 하느님이 나를 완벽하게 낫게 해 주시리라고 믿었다.

만나는 날이 다가올수록 내 믿음 작업은 더 강력해졌다. 전도사님 친구는 기도를 받게 되는 즉시 다 나아서 다음 날 병원을 나올 것이라고 했다. 그래서 나는 병원을 나오는 상상을 계속했다.

결전의 날, 나는 병원에서 무단 외출해 전도사님 친구를 만난 후 친구에게 기도를 받고 정상인의 모습이 되어 지팡이를 버린다. 보조기도 벗어 손에 들고 유유자적하게 저녁 식사 시간에 맞춰 병실로 들어온다. 나의 멀쩡한 모습을 눈치 챈 사람이 있을 수도 있고, 그냥 지나치는 사람이 있을 수도 있다. 최대한 사람들의 눈에 띄지 않게 저녁 식사를 한 후, 샤워를 하고 커튼을 치고 침대에 얌전히 눕는다. 다음 날, 핑크색 캐리어에 양손으로 직접 짐을 싸고, 병실 복도를 너무도 편안하게 걸어 나온다. 원무과로 바로 가서 급히 퇴원하겠다고 말한다.

병원에 입원한 지 얼마 되지 않았을 때, 핑크색 캐리어를 끌고 완벽한 모습으로 병원을 나가는 꿈을 꾼 적이 있다. '아…. 내가 그래서 그 꿈을 꿨구나.' 나는 그 꿈속의 모습처럼 병원을 나오게 된다. 아 그런데 조금 슬프다. 뇌출혈이 경미해서 손도 잘 쓰실 정도로 상태가 괜찮으시긴 하지만, 내가 사랑하는 순달 할머니를 두고 나와야 한다는 사실에 좀 미안한 마음이 든다.

다른 환자들 생각도 난다. 치열하게 고군분투하며 하루하루를 견디고 있는 많은 뇌 병변 환자들에 대해 진심 어린 연민의 감정이 생긴다. 심지어 하루하루 열심히 일하고 있는 병원 직원들, 특히 환자들과 같은 목표를 가지고 열심히 일하시는 치료사 선생님들에게까지 연민의 마음이 생긴다. 나 혼자 나아서 이렇게 도망치듯 가다니….

실제로 굉장히 좋지 않은 상태로 들어와서도 잠시 뇌가 쇼크라도 받았던 것처럼 눈부시게 빠른 회복을 보이는 환자들이 있기는 하다. 하지만 그런 환자들은 처음부터 떡잎이 보이는 사람들이다. 나는 그런 환자 부류는 아니다. 사람들이 나를 보면 너무 놀라고 또 부러워해서 절망감이나 상실감을 느낄 것이다. 그러므로 나는 최대한 눈에 띄지 않게 퇴원해야 한다.

그리고 또 이어서 상상한다.

퇴원하면 뭘 하지?

직업이 없어서 특별히 급한 일은 없다.

나는 택시를 타고 집으로 가서 가족들에게 전화하고 오랫동안 내버려 둔 방을 정리한다.

다음 날은 일어나 친한 친구 몇 명을 만난다.

기적 같은 모습으로.

그다음 날은 실업 급여나 신청하러 갈까?

하루하루가 지나면서 느껴지는 감정들도 생각해보았다.

'당분간은 예전처럼 걸을 수 있다는 사실에 너무 기쁠 거야. 미친 듯이 산책을 할 것 같아. 그런데 아무리 생각해봐도 이 자유로운 몸을 다시 가진 행복감이 아주아주 오래갈 것 같지는 않아. 날마다 할 일을 생각해야 하고 예전처럼 다시 내 삶을 살게 될 거야. 마치 로또에 당첨되는 행복을 겪은 사람이 다시 평범한 기분의 일상으로 돌아가는 것처럼…. 몸이 자유롭다는 것은 당연한 일이고 뇌출혈은 해프닝이었다고 생각하겠지…. 행복한 마음은, 그런 마음은 내 생각에서 나오는 것이겠구나. 왜, 유명인이고 부자인데도 행복하지 않아서 자살하는 사람들도 있잖아.'

이 상상의 끝에 나는 마음가짐의 중요성을 깨달았다. 주어진 상황에서 행복해야 한다는 말의 뜻을 조금 알 것 같았다. 도를 깨우치는 수준은 아니더라도 도라는 세숫대야 물에 발가락 하나를 담가본 듯한 느낌이 들었다. 이마저도 좋은 상상의 일부가 될 수 있겠다고 생각했다. 하지만 그건 그렇고, 나는 계속해서 정상인이 되어 병원을 나가는 상상을 했다.

8개월차, 기적 -

내 보기엔
올해 안에 걷겠다

대망의 날이 왔다.

나는 설레발이 요동치는 마음을 진정시키고 약속된 오후 4시가 되기 전까지 치료에 집중하기 위해 노력했다. 몸이 좋지 않다는 거짓말을 하고 마지막 치료는 가지 않았다. 치료실에서 나와 보안 요원, 이송 요원, 다른 환자를 엘리베이터에서 교묘하게 따돌린 후 무단 외출에 성공했다. 마치 할리우드 첩보 영화 주인공 같았다. 무단 외출에 대한 부담감과 혼자 걸어가야 한다는 심리적 불안감이 섞여 내 가슴에서는 쿵쿵 뛰는 소리가 났다.

나는 약속한 장소인 건물 1층에 있는 작은 커피숍으로 먼저 들어가 전도사님 친구를 기다렸다. 구석진 자리를 찾아 앉아 있는데 떨리는 가슴이 쉽게 진정되지 않았다. 그때 약속 시각이 되어 전도사님 친구가 나타났다. 꽤 극적이었던 무단 외출 스토리를 얘기하면서 우리는 잠시 소녀처럼 신나했다.

곧 전도사님 친구는 본론으로 들어갔다. 우리는 2가지의 기도를 할 예정이고 기도가 모두 끝나고 나면 내가 완전히 치유되어 있을 것이라고 했다.

첫 번째 기도는 예수님을 영접하는 기도였다. 전도사님 친구가 선창하면 내가 따라서 기도를 했다. 이해하기 쉽고 간단한 내용의 기도였다.

두 번째 기도는 치유를 위한 기도였다. 첫 번째 기도와 마찬가지로 전도사님 친구가 선창하면 따라서 기도를 했다. 이 기도 역시 엄청난 기적을 기대하기에는 생각보다 간단한 내용이었다. 기도가 끝나자 전도사님 친구는 나에게 일어나서 걸어가볼 것을 지시했다. 주변에서 누군가 우리를 유심히 관찰했다면 내 몸 상태를 보아 상황을 추측할 수도 있었을 테고, 웃긴다고 생각할 수도 있는 광경이었다.

나는 치료실 매트 주변을 지팡이 없이 뱅뱅 돌며 걷는 연습을 한 적 있었다. 병실 침대 근처에서도 지팡이 없이 걷는 연습을 해본 적도 있었다.

두려웠지만 기적을 기대하며 지팡이를 놓고 걸어보았다. 보조기를 떼고
도 걸어보았다.

하지만 내 걸음걸이는 물론이고 내 구부러진 팔과 오그라들어 있는 손
그 어느 것도 달라진 것은 없었다. 내가 생각했던 기적은 일어나지 않았
다. 전도사님 친구는 하느님이 분명히 내가 치유됐다고 얘기하셨다면서
어떠한 이유로 지금 그것이 드러나지 않는 것이라고 얘기했다. 그래서
마치 영험한 부적 처방 내리듯 기도문 하나를 알려주며 앞으로 반복해서
기도하라고 했다.

기도쯤이야 뭐가 어려운 일이겠는가!

이 사건이 해프닝으로 끝나는 것은 절대로 내 마음속에 두지 않았다.
하지만 아쉬움을 뒤로한 채 나는 저녁 식사를 하기 위해 다시 보조기와
지팡이를 하고 병실로 돌아왔다.

병실로 돌아온 나는 계속 생각했다.

'내가 이미 치유됐다고 했어. 사람 일은 모르는 거잖아. 앞으로 회복이
빨라질지 어떻게 알아?'

나는 식사를 마치고 샤워를 한 후 여느 때와 같이 편안한 잠을 청했다.
괜히 기대만 했다가 실망해서 속만 상한 것 아니냐고? 소개해 준 친구나
그 전도사님 친구가 원망스럽지 않았느냐고? 실망하지 않았다면 거짓말

일 것이다. 하지만 나는 사건 이후로 더욱 집중적으로 개인 운동을 하기 시작했다. 정말로 하나님이 도와주신 것일지 모른다는 생각도 들었다.

나는 이미 치유되었다는 느낌을 갖기로 했다. 나는 언젠가 분명히 뇌 신경이 회복되거나 신경 가소성이 활발하게 작용하리라 생각했다. 그래서 그에 맞는 행동을 취하면 된다고 생각했다. 나는 그저 내가 할 일에 최선을 다하면 되는 것이었다.

어디 가서도 자신 있게 얘기하지 못했던 내 취미 중 하나는 책 읽기였다. 내 독서가 소모적인 것만 같아서 늘 부끄러웠다. 하지만 나는 이제까지 책에서 읽었던 좋은 것들을 다 기억하려 애썼다. 기억나지 않는 것은 전자책을 다시 찾아보기도 하고 웹서핑을 하기도 했다.

일단은 재활에 대해 막막하게 생각하지 않는 마음가짐부터 필요했다. 하나하나 할 수 있는 것부터 해야겠다고 생각했다. 나는 먹은 음식, 아침에 일어났을 때 팔다리, 손의 강직 상태, 아침 첫걸음에 발목 힘은 어땠는지, 오늘 했던 개인 운동의 내용과 시간, 전반적인 걸음에 대한 평가를 스스로 내리고 개선점도 써 보는 운동 일지를 작성했다.

재활이라는 것이 원체 좌절하기 쉬우므로 작은 노력 하나하나를 스스로 칭찬하는 것을 기본 마음가짐으로 두려고도 노력했다. 유튜브의 재활

관련 어그로(조회수를 끌기 위해 자극적인) 영상에 지쳐 화가 났던 적도 많았다. 하지만 다시 한번 꼼꼼히 살펴본 후 나에게 맞는 운동 몇 가지를 정해 묵묵히 하기 시작했다.

걷는 연습을 할 때는 '나는 완전히 치유되었다, 나는 잘 걷기를 선택했다.'라는 두 문장 중 하나를 반드시 속으로 되뇌면서 걸었다. 3주 정도 지나니 발목에 조금씩 힘이 생기기 시작했다. 이제까지 막연하게만 하던 운동들이 걸음걸이에 직접 반영된다는 것을 깨달았다. 운동하는 데 대한 자신감도 생겼다.

'이렇게 조금씩 조금씩 하면 느리지만 좋아질 수 있겠구나.' 하는 확신이 생겼다.

어느 날, 보조기와 지팡이 없이 병실 복도를 걸어보았다. 발목 힘과 발 뒤꿈치가 땅에 닿는 느낌이 확연히 좋아졌다는 것이 느껴졌다. 나는 병실로 들어와 한 환자에게 소리쳤다.

"저 내년이면 걷긴 걷겠어요!"
어머니 환자가 대답했다.
"내 보기에는 올해 안에 걷겠다!"

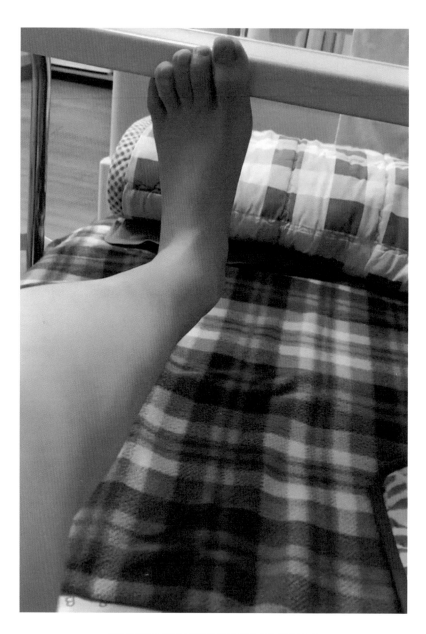

[병원 환자용 식탁을 이용한 자체 개발 햄스트링 운동]

나는 다시 빛날 거야

<나를 다시 빛나게 한 문장들>

『돌파력』, 라이언 홀리데이

'살아남는 사람들이 살아남는 이유는 매일매일 해야 할 일을 제대로 처리하기 때문이다. 이것이 성공의 진짜 비밀이다.'

지금 이 순간 내가 해야 할 일들을 차근차근 하는 것 말고 나에게 중요한 것은 없다.

한 발이 닿고
그다음 발이 닿는 거야

여름이 끝나가는 어느 날, 치료 쉬는 시간에 핸드폰을 만지작거리고 있었다. 그런데 뇌출혈이 발생하기 몇 달 전에 헤어진 친구에게서 연락이 왔다. 나와 얘기하고 싶다는 메시지였다. 헤어진 인연 다시 찾지 않는 나의 관계의 미니멀리즘이 어떤 면에서 나를 외롭게 한다는 것을 알고 있었다.

하지만 내 이런 성향이나 가치관을 떠나 지금은 예외적인 상황이었다. 자존심이 강한 나는 개인적인 상황이 좋지 않으니 다시는 연락하지 말아

달라고 단호하게 메시지를 전달했다. 헤어진 친구에게 더 멋진 모습을 보이고 싶은 것이 사람의 당연한 마음이건만 내 처지가 한심하다는 생각이 들었다. 나는 속이 상해 주말 내내 끙끙 앓았다.

이 스트레스는 평소 가지고 있던 또 다른 스트레스를 부추겼다. 나는 이곳 재활병원 입원 직전 지팡이를 사용하게 되었고 재활병원에 와서는 보조기까지 착용하게 되었다. 재활병원에 와서 장족의 발전이 있었지만 아직은 이 두 보조도구 없이 걷는 것은 상상할 수 없었다. 처음부터 나는 보조기와 지팡이를 사용해서 걷는 것은 진정한 걷기가 아니라고 생각했다. 특히 보조기는 더 그랬다. 요즘에는 양말처럼 가볍게 신는 보조기가 있다는 얘기를 들은 적 있었다.

하지만 보조기 업체에서 추천해준 내 보조기는 보아로 조이는 형태로 되어 있고 모양이 투박했다. 착용 후 신을 수 있는 신발도 거의 없었다. 그래서 나는 보조기를 착용한 이후부터는 양옆에 찍찍이가 달린 크록스만 신었다. 나는 그냥 일반 운동화나 크록스만 신고 걷는 다른 환자들이 정말 부러웠다. 내가 사놓은 예쁜 운동화들이 병실에서 썩고 있었다. 예쁜 신발까지는 바라지도 않았다.

'보조기 없이 운동화만 신고 걷는 연습을 할 수 있다면 얼마나 좋을까?'

내 마음은 늘 간절했다.

'선생님은 대체 언제 나에게 지팡이를 떼라는 얘기를 할까, 얘기하기는 할까? 지금 발 상태도 좋지 않은데?'

선생님의 생각이 궁금했지만 차마 물어볼 수 없었다. 듣고 싶지 않은 이야기를 듣게 될까 봐 겁나서였다.

앞에서 얘기했다시피 내 발은 풋드랍(족하수)과 인버전(안쪽번짐)이 있는 발이었다. 나는 이 두 증상 때문에 발을 땅에 안정적으로 디딜 수 없었다. 그래서 보조기를 끼고 걷는 연습을 하는 것이었다. 재활의 최종 목표치가 상대적으로 낮은 나이가 많은 환자들은 보조기를 계속해서 착용할 생각으로 사용하는 경우도 있었다. 하지만 나는 보통의 신발을 신는 것이 내 재활의 목표였다.

일요일 오후, 운동화만 신은 채 지팡이를 짚고 치료실로 갔다.

'최근 더 열심히 운동했다. 주변에서도 많이 좋아졌다고 평가하는데 그 사이에 좀 달라졌을까?'

나는 기대하는 마음으로 거울 앞에서 두 달 만에 걷는 모습을 동영상으로 촬영해보았다.

엉망이었다.

신중하게 걸었지만 다섯 발자국 만에 발이 뒤집히는 경향이 강하게 나타났다. 오랜만에 한 동영상 촬영이어서 더 좋은 결과를 기대했건만 아직 한참 멀었다는 것을 깨달았다.

주말 내내 스트레스는 극에 달했다.

'완벽한 정상 보행 패턴이 아니더라도 언젠가 걷긴 걸을 거야. 최근 발목 힘이 조금 좋아진 것도 사실이잖아. 그런데 지팡이를 떼고? 지금은 병실에서 치료실까지 200여 미터를 걸어가는 것도 나에게는 모험과도 같은 일이다. 거기다 보조기 없이 걷는다면? 두세 발자국이면 발이 뒤집힌다. 발이 한번 뒤집히면 자신감을 잃는 것은 물론이고 걷는 것을 더 진행할 수 없다.'

'될까? 안 될까? 평생 보조기가 들어가는 신발만 찾아야 하는 걸까? 앞으로 1년 정도 지나면 자연스럽게 좋아져 있지 않을까? 아니야. 병원 외래 진료를 오는 한 아저씨는 지팡이와 보조기를 하고도 편치 않게 걷고 있었어. 사설 재활센터를 다닐 때 본 아줌마도 발병 3년째인데 보조기와 지팡이를 하고도 잘 걷지 못했어. 내가 그 모습이 되면 어떡하지? 이 문제에 대한 답이 있기는 할까?'

눈앞에 보이는 현실만으로는 답이 없어 보였다.

일요일 밤 잠자기 직전, 나는 그냥 다짐해버렸다.

'내일 아침 일어나서 객기 한번 부려보자. 지팡이를 떼고 보조기는 또 언제 뗄지 스트레스 받는 것도 더는 지겨울 것 같다. 내일 둘 다 동시에 떼는 거야. 객기가 적응되면 그게 걷는 거지 뭐, 별거 있어? 선생님의 의견 같은 건 이제 더 기다릴 수 없다. 그렇게 강조하는 예쁘게 걷기도 중요하지만, 나는 일단 걸어야겠다!'

아침에 일어나서 첫 치료를 하러 가기 전까지 비장한 마음을 유지하려 노력했다. 내 목표는 크지 않았다.

'이제까지 배운 것은 모두 무시하자. 한 발이 닿고 그다음 발이 땅에 닿는 거야.'

오전 치료를 받기 위해 나는 병실 밖으로 나왔다. 그런데 복도에 있는 요양보호사, 간호사들이 나를 보고 아무 말 없이 지나치는 것이었다. 평소에 병실 복도에서 지팡이를 사용하지 않고 걷는 연습을 할 때마다 병원 직원들은 항상 나를 제지했었다.

하지만 오늘은 웬일인지 아무도 눈치채지 못하는 것 같았다. 나는 투명인간이 된 것 같은 희한한 쾌감으로 기분 좋게 치료실까지 한 발씩 내디뎠다. 발이 바닥에 닿을 때마다 몸에 힘이 잔뜩 들어갔지만 소기의 목적을 완벽히 달성했다. 아침 첫 치료 선생님을 만나자마자 신이 나서 자랑했다.

다음은 운동 치료 시간이었다.

나는 매트에서 선생님을 기다리면서 '선생님은 어떻게 생각하실까? 많이 놀라시겠지? 아직은 이러시면 안 된다고 하려나?' 하는 생각을 했다.

나에게 걸어오던 선생님의 눈이 동그랗게 커졌다. 나는 또 신이 나서 말을 시작했다.

"선생님, 제가 어젯밤에 그냥 다 떼보자 결심하고 오늘 용감하게 질렀어요. 그런데 아침에 병실에서 나오는데 아무도 제가 지팡이와 보조기를 하지 않았다는 걸 모르더라고요."

신이 나 있는 나를 보는 선생님의 눈빛은 조심스러웠다.

나는 선생님의 눈치를 살피며 부탁하는 어조로 얘기했다.

"선생님 제가 성격이 급해서요. 잘 걷고 나서 지팡이와 보조기를 떼는 것은 기다리지 못하겠어요. 힘들어도 이렇게 조금씩 늘려나가려고 해요."

'선생님이 좀 불쾌하시려나? 무슨 환자가 이렇게 제멋대로야.' 생각할
수도 있을 것 같았다.

다행히 선생님은 나를 말리지 않았다.

"오늘 많이 의욕적이신 것 같으신데요. 정말 넘어지면 큰일 나요. 꼭
조심하셔야 합니다."

나는 그냥 응원의 메시지로 받아들였다.

선생님은 여전히 불안한 표정을 보였다.

나 역시 '이거 잘하는 게 맞나? 지금까지 배운 것도 다 망가져 버리는
거 아니야?' 하는 반신반의의 마음이 있었다.

하지만 다행히도 진중한 성격의 선생님은 내 보행에 대해 담담한 코멘
트를 해주었다.

그리고 3일째 되는 날, 선생님은 얘기했다.

"확실히 더 잘 걸으시네요."

나도 보조기구 없이 걷는 것에 적응했고 나를 보는 선생님도 적응했
다.

[보조기와 지팡이를 떼기로 결정한 주말]

<나를 다시 빛나게 한 문장들>

『폰더씨의 위대한 하루』, 앤디 앤드루스

'도전은 하나의 선물이고 또 배울 수 있는 기회이다. 역경이 찾아오면 나는 그것을 해결해야 할 문제로 생각하지 않겠다. 단지 선택해야 할 문제가 있을 뿐. … 역경은 위대함으로 가는 예비학교이다. 예비학교에 입학한다. 나는 멋진 일을 해내고 말겠다!'

내 문제의 해결이 단지 선택의 문제일 뿐일 수도 있다는 아주 간단한 생각을 했다.

11개월차, 독립 보행 -

선생님의
고백

보조기와 지팡이를 뗀 것은 한동안 나에게 엄청난 성취감을 안겨주었다. 하지만 나는 다시 이 두 보조기구 없이 걸음 패턴을 만들어야 했다. 선생님이 처음에 보조기를 권유했던 것은 발을 제외한 다른 필요한 근육을 사용하는 방법을 배워야 하는 이유였다. 다시 보조기 없이 발이 불안한 상태가 되었기 때문에 걷는 데 필요한 다른 근육을 움직이는 것을 더욱 노력해야 했다.

나는 지적받은 동작 하나를 고쳐보겠다고 주말 내내 그 부분에 집중해서 연습하곤 했다. 그러다 보면 보상 작용으로 인해 다른 동작이 무너지기 일쑤였다. 그래도 선생님이 계속 강조하는 '젊으니까 최대한 정상인에 가까운 보행을 만들어야 한다'는 목표에 입각하여 연습했다.

무릎을 펴면서 오른쪽 다리를 앞으로 내미는 동작을 연습하고 있던 주말이었다. 왼쪽 다리의 불완전한 움직임을 오른쪽 다리가 보완하다 보니 내 오른쪽 다리는 이상한 보행 패턴을 가지고 있었다. 선생님은 이 부분은 꼭 고쳐야 한다고 얘기했다.

하지만 오른 다리 무릎을 쫙 펴고 자신 있게 발뒤꿈치를 땅에 닿는 순간 왼쪽 다리는 멘붕의 상황이 되곤 했다. 나는 이 연습이 너무 어려워서 한 발을 내딛는 것도 무서웠다. 주말에 치료실에서 혼자 연습을 하는데 이러지도 못하고 저러지도 못하는 심정이었다.

솔직한 내 심정은 그랬다. 미적으로 좀 떨어지더라도 기능적으로 큰 문제가 없는 걸음걸이를 만들 수 있다면 내 멋대로 걷고 싶었다. 선생님이 지시한 대로 연습하는 것은 그만큼 어려운 일이었다. 선생님의 코멘트 따위는 무시하고 싶었다. 그러나 이렇게 걷든 저렇게 걷든 잘 걷지 못하는 것은 마찬가지였다. 그렇다면 내가 선택해야 할 것은 선생님이 가르쳐준 정상적인 보행에 근접한 걸음을 연습하는 것뿐이었다.

나는 너무 무서웠지만, 그 주말의 목표를 달성하기 위해 끊임없이 반복했다. 만약 그때 누군가가 걷는 연습을 하는 나를 보았다면 열심히 하고 있다고 생각했을지도 모르겠다. 하지만 나는 그때 마음속으로 울고 있었다. 나는 아무 표정이 없었지만 울면서 걸었다.

보조기와 지팡이를 떼고 두 달이 지났다. 발을 디딜 때마다 위태로운 눈빛이 많이 줄어들었다. 병원 직원들도 이미 알고 나에게 그것을 얘기했다.

하루는 선생님이 치료가 시작되자마자 갑자기 나에게 고백했다.

"솔직히 이린다 님이 보조기 없이 걷는 것을 생각하지 않았어요. 보조기 없이 걷는다면 그것은 시간이 아주 많이 걸리는 일이라고 생각했어요. 그런데 지금 이렇게 많이 좋아지셨다는 것은 모두 이린다 님이 열심히 하신 덕분이에요."

'이 무심한 남자가 오늘 왜 이래?'

나는 생각하지 못한 고백을 듣고 가슴이 뛰기 시작했다. 울고 싶기도 하고 가슴이 근질근질거리는 것 같기도 했다.

나는 볼멘소리로 투정을 부렸다.

"아 뭐예요. 다들 나한테 거짓말했어! 의사 선생님도, 선생님도. 그때 그랬잖아요. 좋아지면 나중에 떼는 거라고!"

생각해보니, 치료 시간에 '나중에 보조기를 떼게 되면'이라는 가정법의 말을 꺼낼 때마다 선생님은 대화를 회피하곤 했다.

내가 보조기를 버린 것은 선생님의 치료 경험과 데이터베이스에는 없는 일이었다. 역시 재활은 아무도 모르는 것이었다. 선생님의 기존 데이터는 그냥 데이터일 뿐이었다.

그날 선생님의 고백을 듣고 오후 내내 마음이 진정되지 않았다. 기쁜 마음에 치료가 끝나고 부모님과 친한 친구들에게 카카오톡을 보냈다. 나 열심히 하고 있다고.

그날은 밖이었다면 잘 마시지도 못할 소주를 한잔 들이켰을 것 같은, 그런 날이었다.

12개월차, 퇴원 결심 -

내 재활은
오롯이 내 책임이다

일정 부분의 재활 성과에 만족하며 열심히 운동하던 11월 어느 날이었다. 전기치료(FES, functional electrical stimulation)를 하는 도중 문득 내 앞에 휠체어를 타고 앉아 있는 환자들을 보게 되었다. 전기 치료 공간에는 걷는 환자를 위한 의자가 놓여 있었다. 걷는 환자들은 의자에 앉아 치료를 받고 휠체어를 타는 환자들은 걷는 환자와 마주 보고 휠체어에 앉아 치료를 받았다.

각고의 노력 끝에 나는 의자에 앉아 전기 치료를 받는 내 모습을 만들었다. 휠체어를 탔을 때는 의자에 앉아서 전기 치료를 받는 환자들을 부러운 눈빛으로 쳐다보곤 했었다.

그런데 가만히 보니 병원에서는 고관절이나 무릎 수술 환자를 제외하고 걸어 다니는 환자들이 생각보다 많지 않았다. 병원 치료 체계나 선생님들의 치료에 문제가 있는 것은 아니었다. 휠체어 이동이 익숙해서 굳이 걸으려고 노력하지 않는 환자들이 생각보다 많은 것이었다.

심지어 내가 본 환자 중 한 명은 선생님이 이제 지팡이를 짚고 병실과 치료실을 왔다 갔다 하라고 허락했는데도 걷지 않았다. 걷는 것이 위험하다는 것이었다. 치료사 선생님들은 그 누구보다도 환자의 안전을 가장 중요하게 생각했다. 그런 선생님들이 걷는 것을 허락했다는 것은 객관적으로나 주관적으로나 어떤 평가를 하더라도 걸어도 된다는 뜻이었다.

'이 아저씨도 내가 처음에 왔을 때부터 선생님과 걷는 연습을 할 때 보니 곧잘 걸었고, 이 아저씨도 보조기를 끼고 잘 걷는다. 그런데 도대체 왜 다들 안 걷는 거야!'

나는 정말 궁금했다.

전기치료를 하는 동안 나는 내 앞에 앉아 있는 환자들에게 얘기했다.

"아니 도대체 왜 안 걸으시는 거예요? 저보다 잘 걸으시잖아요. 휠체어 좀 그만 타고 걸어요!"

병원에서 제일 싫은 사람이 훈수질하는 사람들이라고 해놓고 내가 하고 있었다.

한편, 나는 병원에 입원한 이후로 몸무게가 우상향 곡선을 그리며 증가하는 것에 대해 계속해서 신경을 쓰고 있었다. 건강했을 때는 마른 몸을 선호하는 편이어서 여름에는 45kg 전후, 겨울에는 47~48kg 수준을 유지하려고 노력했다.

가끔 보는 부모님은 항상 내가 너무 말랐다며 걱정하셨다.
"너는 오랜만에 보면 사람이 없는 것 같다. 너무 마른 거 아니냐?"
엄마는 지겹도록 반복해서 얘기하곤 하셨다.

나는 하이웨이스트 청바지를 입는 것을 좋아했다. 그런데 청바지를 입고 온종일 사무실에 앉아 있으면 점심을 먹은 후부터는 배가 너무 불편해졌다. 하지만 마른 몸을 유지하면 이 불편함이 많이 줄어들었다. 마른 몸은 생활에 적응하기 위한 내 전략이었던 것이었다.

그러나 몸이 마비되고 나서는 한 손으로 옷을 입어야 하니 편한 츄리닝과 고무줄 바지만 입었고 올해는 환자복이 내 유일한 패션이었다. 예쁜 옷을 입을 일이 없으니 몸무게가 중요한 것은 아니었다. 걷는 것만 생각한다면 바람에 몸이 흔들리지 않기 위해서라도 중량을 늘려야 하는 것도 맞았다. 행여 사람들과 부딪히더라도 몸싸움에서 져서도 안 될 일이었다.

하지만 재활병원 입원 당시 46kg이었던 몸무게는 한 달마다 1kg씩 찌는 것 같더니 최근에는 51kg에 육박하게 되었다. 고등학교 때 이후로 몸무게 앞자리 수가 5인 것은 처음이었다. 병원 직원들은 나를 볼 때마다 얼굴이 좋아 보인다고 했다. 부모님과의 영상통화에서 부모님은 내 얼굴이 보기 좋다며 만족스러워하셨다. 이 정도면 살이 찌긴 제대로 찐 것이었다.

51kg이라는 몸무게에 뭘 그리 호들갑이냐고 할 수 있겠지만 나에게 몸무게 관리는 살면서 할 수 있는 일 중에 상대적으로 쉬운 편이었다. 그런데 몸도 자유롭지 않은데 몸무게 관리까지 뜻대로 되지 않자 나는 자괴감이 들었다. 조금만 숫자를 내려보자고 샐러드를 주문해 먹는 등의 액션도 취해보았다. 하지만 이런 행동들은 얼마 지나지 않아 다른 음식에 대한 탐닉으로 이어졌다.

이 문제에 대한 진지한 고찰과 행동에도 개선이 없자 슬슬 짜증이 나고 있었다. 그런데 문득 걷지 않는 환자들을 보며 뒤통수를 한 대 맞은 듯한 느낌이 들었다.

'이건 내가 그냥 너무 편한 것이다.'

그즈음 나는 애플워치를 차고 하루 7~8천 보를 걷는 기록을 경신하는
성취감에 빠져 있었다. 하지만 그저 똑같은 병원 내부 바닥을 하염없이
걷고 있는 것이었다. 아직 걸음의 안정감과 속도감이 한참 부족했지만,
병원 안에서 걷는 것은 도무지 스트레스가 없었다.

정말 그랬다. 살은 원래 스트레스도 받고 힘이 들어야 빠지는 것이 맞
았다. 나는 살이 안 빠지는 이유도 알았고 이제 퇴원을 해야 할 때라는
것도 알았다.
내 재활은 오롯이 내 책임인 것이었다. 나는 더는 병원 치료에 의존할
수 없다는 생각이 들었다.

'공부는 어렵게 해야 한다는 내 신념을 실행에 옮기자!'

공부는 어렵게 해야 한다는 신념과 관련한 재밌는 기억이 있었다. 회
사에서 콘퍼런스 콜을 할 때마다 리스닝이 어려워 힘들어하던 나는 평소
신념대로 어렵게 공부 하기로 했다. 나는 어느 가을에 강남에 있는 통·

번역 학원의 청취 수업을 덜컥 등록해버렸다. 영어 실력이 최상위 수준인 친구들과 함께 수업을 들을 것을 결심하다니 지금 생각해봐도 참 뻔뻔했다.

강사는 영어 뉴스를 틀어놓고 가끔 수강생을 지목하여 들은 것을 얘기해보라고 했다. 하루는 강사가 처음으로 나를 지목했다. 나는 조금 창피했지만 정말로 내가 들은 것을 얘기했다. 그 순간 저 여자의 정체가 뭐지 하는 강사와 다른 수강생들의 표정, 그 어색했던 분위기를 나는 잊을 수 없었다. 공부는 어렵게 해야 한다는 내 생각이 무모함으로 끝난 적도 있지만 나는 정말 퇴원해야겠다고 생각했다.

"선생님, 저 퇴원하려고요."
9개월여 시간 동안 믿고 의지한 선생님과 헤어짐을 얘기하려니 마음이 뭉클해졌다. 내 목소리는 조금 떨렸다.

"아니 왜 갑자기 그렇게 결심하셨어요?"
선생님이 자연스럽게 반응해주니 다행이라는 생각이 들었다.

"마음이 급해졌어요. 더 힘든 데서 경험하고 싶어요."
"네, 그런데 다른 환자들은 퇴원한다고 하면 너무 걱정되는데 이런다

님은 걱정이 안 돼요. 알아서 잘하실 것 같아요."

사실 한 번도 9개월 차에, 그것도 한겨울이 시작되는 이 시점에 퇴원하는 것을 생각해본 적 없었다. 나는 최소한 1년은 재활병원에서 치료를 받아야 한다고 생각했다. 내 원래 퇴원 계획은 입원한 지 1년이 되는 꽃피는 봄이었다.

친하게 지내던 환자는 같이 2년을 있자고 나를 꾀기도 했다. 나도 그럴까 생각해본 적도 있었다. "2년 있으면 다 낫는대." 하고 말하는 아저씨도 있었다. 하지만 정작 그 아저씨가 2년이 다 됐을 때 여전히 독립 보행을 하고 있지 않았다.

다음 날은 아침부터 담당 원장님에게 퇴원 계획을 얘기했다.

"네, 알겠습니다."

생각보다 별거 아니었다. 재활병원에서는 의사의 허락이 있어야만 퇴원을 할 수 있다는 얘기를 어디선가 들었었다. 나의 이 부정확한 정보는 도대체 어디서 온 것인지 알 수 없었다.
나는 재차 확인하고 싶었다.

"걷는 게 많이 부족해서 퇴원을 반대하실 줄 알았어요."

"아니에요. 젊은 분들에게 입원 생활이 힘들다는 것도 알아요. 재활이
라는 게 정해진 기간 안에 얼마만큼 좋아지는지가 정해져 있는 것도 아
니고요. 어느 정도 보행을 하시면 밖에서 경험하시는 것도 나쁘지 않다
고 생각해요. 남은 기간 담당 선생님께 운동 많이 배우시고요."

신난다. 드디어 퇴원이다! I am leaving!

<나를 다시 빛나게 한 문장들>

『아주 작은 반복의 힘』, 로버트 마우어

'삶이 두려워지고 힘겨워지면 우리는 편하고 익숙한 곳에서 해결책을 찾으려고만 하지 진짜 해결책이 놓여 있는 어둡고 불편한 장소로 가려고 하지 않는다는 것이다.'

편안함과 익숙함은 늘 내 적이었다. 많은 변화와 시도가 필요한 지금은 더더욱 그렇다.

13개월차, 퇴원 –

환자들에게
연민의 감정을 느끼다

그렇게 '적당한 날'을 퇴원일로 잡아 계획보다 일찍 퇴원하게 되었다.
내가 생각하는 '적당한 날'이란 최근의 급작스러운 한파를 피한 따뜻한
날이었다.

늙으신 부모님께서 짐 하나 추가된 것 같은 나를 데리고 가실 것을 대
비해 기차역이나 길에 인파가 덜할 것으로 예상하는 날이기도 했다. 기
본적으로 금요일이나 토요일도 반드시 피해야 했다.

퇴원하는 날엔 평소보다 훨씬 일찍 눈이 떠졌다. 새벽부터 부산하게

마지막 자잘한 짐을 여행용 가방에 넣은 후 이제까지 도움 주신 병원 직원들에게 준비한 선물을 전달했다. 선생님들과 내가 좋아하는 순달 할머니에게 마지막 인사를 했다.

작별 인사를 하러 병원 1층 카페로 온 제라드(Gerald)도 만났다. 병원 관계자와 잠시 면담도 하고 나니 이제 할 일은 모두 끝났다. 마치 퇴사하는 날 같았다.

나는 병실로 돌아와 설레는 마음으로 엄마와 아빠를 기다렸다. 걷는 것은 아직 많이 부족했지만, 아침부터 바빠서인지 바깥세상으로 돌아간다는 사실이 실감 났다. 나는 부모님과 함께 수납을 위해 병원 로비의 원무과로 가는 길에 미처 인사를 제대로 하지 못한 환자들을 보았다. 마지막 인사를 하면서 그들의 부러운 눈빛을 느낄 수 있었다.

뇌 병변 환자의 경우 1년에서 2년, 오랜 시간을 계획하고 입원 생활을 하는 경우가 많으므로, 환자들은 병원 생활을 힘들어하고 우울해한다. 그 시간은 기약 없고 지루하다.

나는 행운아이다.

집에 가도 환자 본인에게 오롯이 집중할 가족이 없다면, 재활이 완벽하지 않은 상태에서 퇴원하는 것은 모두에게 부담스러운 일이다. 그래서 노인들의 경우는 재활이 완벽히 되지 않는다면 재활병원에서 곧바로 요양병원으로 이동하기도 한다. 다시 한번 환자들에 대한 연민의 감정을 느꼈다.

우리는 근처 식당에서 따뜻한 쌀국수를 한 그릇씩 먹고 택시로 서울에 지내던 곳으로 갔다. 1년 동안 먼지 쌓인 짐들을 정리해서 부모님 댁으로 보낼 택배를 싸는 것이 퇴원 후 첫 번째로 할 일이었다. 나는 평소 미니멀리즘 생활 방식을 추구하고 있었다. 하지만 퇴원을 계획하며 짐을 정리할 생각을 하니 생각했던 것보다 실제 짐이 많을까 걱정되었다. 그런데 몇몇 오래된 화장품이나 이제는 불필요해진 물건들을 버리고 나니 남은 것은 대부분 옷이었다.

평소 즐겨 입던 타이트하고 불편한 원피스와 회사에나 입고 나갈 법한 드레시한 옷들을 제외하니 미리 주문해놓은 큰 택배 상자 4개로 가지고 있는 물건들을 여유 있게 쌀 수 있었다. 그 4개 박스 안에 내가 좋아하는 네덜란드산 다리미 매트와 까사렐 접시도 넣었으니 내가 미니멀리스트로 산 것은 맞는 것 같았다.

나는 생각했던 것보다 일찍 일이 끝나서 한시름 놓았다. 하지만 어느 순간부터 기분이 안 좋아지기 시작했다. '이거 넣고, 저거 넣고, 이건 종량제 봉투에' 하며 입으로 지시만 하고 늙은 부모에게 일을 시킨 것에 마음이 불편해진 것이었다. 더군다나 오랜만에 나온 바깥세상에 긴장했는지 택시를 타고 오는 내내 속이 울렁거리고 가슴이 답답했다.

집이 모두 정리되지 않아 우리는 근처 모텔로 가기로 했다. 모텔에 들어가 쉬고 나니 기분이 좀 나아졌다. 춥다고 입은 두꺼운 패딩이 더 긴장을 유발한 건 아닌가 하고 조금 가벼운 옷으로 갈아입었다. 그리고 나는 다음 일정을 위해 엄마와 함께 모텔을 나왔다.

13개월차, 퇴원 후 -

인생, 오르막길이 있으면
내리막길도 있다는 것

다음 일정은 시야 검사를 위한 안과 방문과 오랜 입원 생활로 하지 못했던 병원 투어였다. 나는 모두 잠실새내역 근처의 병원을 예약했다. 걸어서 100~200m 떨어져 있는 병원들의 방문을 다 마치고 나니 어느새 날이 어두워졌다. 엄마에게 티를 내지 않았지만 가까운 병원들을 걸어 다니는 것도 아직은 벅차고 힘든 일이었다. 게다가 날이 어두워지니 심리적 압박감이 밀려왔다. 잠실새내역은 20대 때부터 최근까지 수도 없이 걸어 다녔던 곳이었다. 그리고 이 대로변은 다른 길들과 비교했을 때 상대적으로 깨끗하고 걷기 좋은 길이었다.

하지만 저녁이 되어 더 추워진 날씨에 밖으로 나오니 내 몸은 순간 어깨부터 겨드랑이, 팔꿈치가 최대치로 오그라들기 시작했다. 흡사 발병한 지 얼마 안 됐을 때의 그 모습이었다.

따뜻한 병원 내부의 항상 같은 바닥 면에서 걷는 것과는 180도 다른 차원이었다. 상체는 안으로 오그라들어 돌처럼 단단해지고 왼쪽 다리는 강직으로 인해 제멋대로 움직였다.

최근 걸을 때 발이 뒤집히는 현상이 많이 좋아졌다고 생각했었다. 하지만 이것도 다시 원점이었다.

'아무것도 컨트롤되지 않아. 이제까지 내가 병원에서 뭘 했지?' 하는 생각이 들었다.

더군다나 마비 후 어두운 곳에서 걸어본 적이 없었기 때문에 눈과 몸의 유기성을 갖는 것이 더 어려웠다. 몇 안 되는 사람들이 내 쪽으로 걸어오는데 상황이 너무 빠르게 느껴졌다. 몸이 잘 움직이지 않는데 앞도 잘 보이지 않았다. 무서웠다. 걷는 시간보다 어둠 속에서 멈춰 주변 상황을 파악하는 시간이 더 길었다.

한없이 처절했다.

'나는 과연 잘 걷게 될 수 있을까? 이렇게 어려운데….'

모텔로 다시 가기 위해 잠실새내역 맥도날드를 끼고 돌아 들어가는데 이제 목이 타기 시작했다. 나는 엄마에게 편의점에서 탄산수를 한 병만 사달라고 했다.

그리고 엄마 없이 걷기 시작했다.

'그래, 얼마나 어려울지 갈 데까지 가보자.'

나는 대로변 뒤라 울퉁불퉁하고 엉망인 길을 혼자 걸으며 더 처절해지기를 자처했다.

'끝을 보고 싶다. 어차피 내가 계속 겪어내야 하는 거잖아.'

너무 어려웠다. 이것은 걷는다고 할 수 있는 움직임들이 아니었다.
나는 꽤 진심으로 고민했다.

'이렇게 어떻게 살지? 살 수 있을까? 내가 죽어야 마땅한데 이제까지 그 사실을 모른 척한 게 아닐까?'

오그라든 상체는 모텔의 따뜻한 실내 안으로 들어와서까지 겨드랑이부터 꽉 움켜쥔 듯 펴지지 않았다.

'난 좋아진 게 없나 봐.' 하며 울적해했다.
일찍 씻고 자겠다고 하고 이불로 얼굴을 가리고 눈물을 흘렸다.

하루 종일 긴장한 탓인지 푹 자고 일어났다. 어제의 기분이 다 가시지 않았지만, 아침부터 부지런히 관공서를 방문했다. 고향에 가기 전 서울에서 봐야 할 행정 업무가 있었다. 퇴원했다고 해서 내가 기대하는 모습이 빠르게 만들어지지 않을 거라는 사실은 알고 있었다.

하지만 이제 발병한 지 1년이 가까워지니 조바심이 났다. 발병 직후 이 후유증에 대해서 잘 몰랐을 때는 막연히 '6개월이 지나면 잘 걷겠지. 1년이 지나면 다 돌아오겠지.' 하고 생각했었다. 하지만 기대했던 내 모습과 현재 모습에의 간극은 너무 컸다.

기분이 쉽게 나아질 리 없었다. 종일 앞으로 어떡하지 하는 생각뿐이었다. 고향으로 가기 위해 간 기차역에서 부모님은 휠체어 이동 서비스를 이용하자고 했지만 나는 혼자서 움직이기로 했다. 산뜻한 박자감은 아니었지만 안전하게 에스컬레이터를 올라탔다. 기차 플랫폼에서 기차

안으로 올라가는 것도 성공했다. 계단 오르기는 지팡이를 떼고부터 병원에서 꾸준히 연습했던 것이었다. 선생님의 왼 다리 무릎을 구부리고 낚아채듯이 올리라는 팁이 꽤 효과가 있었다. 기차에서도 크게 긴장할 만한 상황은 발생하지 않았다.

하지만 해가 지는 무렵에 도착한 고향 기차역 앞 광장을 걷는 것은 왜 이렇게 낯설고 힘든 건지. 나는 찌뿌둥한 기분으로 고향에서의 첫날을 시작했다.

다음 날, 앞으로 통원치료 하러 다닐 병원을 알아보러 종합병원 한 군데를 방문했다. 지역 명의 한의사에게 침도 맞으러 갔다. 그다음 날도 지역에서 꽤 체계가 있어 보이는 듯한 재활병원을 한 군데를 탐색하러 갔다. 퇴원하면서 가장 걱정했던 부분은 서울이나 경기도보다 지방 병원의 재활 치료 수준이 떨어진다면 어떡하나 하는 것이었다.

'퇴원하면 일상생활을 하면서 다양한 환경을 경험할 수 있고, 먹고 싶은 음식도 먹을 수 있다. 몸이 뻐근하면 마사지를 받으러 갈 수도 있다. 하지만 규모가 큰 병원에서 다양한 환자를 경험해본 좋은 치료사들을 만날 수 없다는 점은 감안해야 할 부분이다.'

퇴원을 고민하면서 내가 했던 생각이었다. 어찌 됐든 개인 운동을 철

저히 해서 극복해가야 한다고 생각했다. 다행히도 나는 방문한 재활병원 의사 선생님의 세심하고 자상한 태도에 안심하고 주 3회로 운동 스케줄을 예약했다. 그리고 다음 날 첫 운동 치료를 하러 병원에 갔다.

내 담당 치료사인 듯한 분이 나를 불러 매트로 가니 매트 옆에는 개인 데스크와 컴퓨터, 책장이 있었다. 나는 혼자서만 개인 데스크를 사용하고 있는 것이 예사롭지 않다고 생각했다. 그런데 선생님의 얼굴을 가만히 보니 나와 비슷한 또래로 보였다.

'내 또래면 자그마치 경력이 얼마라는 거야?'

다른 치료사들이 팀장님이라고 부르는 것이 들렸다. 어려 보이는 치료사 선생님들에게 재미없다는 놀림을 받는 것 같기도 했다. 나는 선생님이 내 나이와 비슷하다는 것에 대해 확신이 들었다.

'팀장님이시구나!'

입원했던 재활병원에서는 경력이 많은 팀장급의 치료사도 30대 중반 정도의 나이였다. 그런데 경력이 족히 20년은 되는 선생님이라니. 현실적으로 만나기 힘든 엄청난 경력의 재활치료사 선생님을 내가 만난 것이었다. 선생님은 간단한 평가를 하고 지금 내 상황에서 필요한 운동들에 대해 거침없이 얘기를 시작했다.

그런데 그 콘텐츠가 어마어마했다. 이제까지 들어보지 못한 얘기들이었다. 선생님은 나에게 정말 열심히 해야 한다고 채찍도 주고 희망을 가질 수 있는 당근도 주었다.

이 병원에서 내 재활의 2막이 열리는 것 같아 기분이 좋았다.

죽네 사네 했던 며칠간의 파란만장했던 감정의 파도는 이미 잊혔다. 나는 친구들에게 엄청난 경력의 재활치료사에 관해서 얘기하며 신이 났다.

그리고 어떤 날은 가족들의 행동에 서운함을 느껴 한없이 우울했다. 또 다른 날은 땅을 밟는 느낌이 좋아 기분이 좋아졌다. 그리고 걷는 것이 마음에 들지 않으면 다시 우울하기를 반복했다. 그야말로 좋은 날이 있으면 안 좋은 날도 있었다.

내가 마흔 살 넘도록 살면서 이걸 몰랐을까? 하지만 높은 난이도로 경험하다 보니 이제는 정말로 더 잘 알겠다는 생각이 들었다. 그냥 좋은 날도 좀 덜 좋은 날도 있다는 것을. 좋은 날은 충분히 기뻐하고 덜 좋은 날은 무심하게 넘기면서 퇴원 후 현실 세계에 적응하다 보니 이제는 우울한 날이 생기지 않는다.

<나를 다시 빛나게 한 문장들>

『행복도 휴식이 필요해요』, 제프 포스터

'당신의 길은 지금 일어나는 일이고, 지금 일어나는 일이 당신의 길인 셈입니다. 다른 길은 없습니다. 왜냐하면 모든 것이 인생이고, 인생이 모든 것이기 때문입니다.'

끊임없이 나에게 다가오는 모든 일을 아주 단순한 마음으로 받아들일 것이다.

3장

온전한 내가 된다는 것

사랑은 받는 것보다
주는 것이 행복하다

순달 할머니를 처음 본 것은 작업치료 대기 시간이었다. 엄밀히 말하자면 순달 할머니를 본 것이 아니라 할머니의 이름을 봤다고 할 수 있었다.

입원 후 한두 달쯤 지났을 무렵, 나는 병원 이송 요원들에 의해 휠체어를 타고 치료실을 왔다 갔다 했다. 매일 아침 이송 요원들은 휠체어로 치료 첫 타임인 작업치료 대기 줄 앞에 나를 데려다놓았다. 나는 치료가 시작되기 전 쉬는 시간에 오른손으로 왼손을 마사지하거나 좋아하는 팝송을 불렀다. 때로는 거룩하게 유튜브로 찬송가를 배우는 시간을 갖곤 했다. 이도 저도 하기 귀찮을 때는 옆 다른 환자들의 휠체어에 붙어 있는 이름을 구경하며 시간을 보냈다. 그때 처음 본 순달 할머니였다.

'뭐야. 이름이 ○순달? 꼭 수달 같기도 하고 너무 귀엽잖아.'
그 이름은 매번 내 흥미를 끌었다.
'정말 웃기고 재밌는 이름이야.'라고 생각했다.

어느 날, 새벽 배송으로 받은 앙버터 떡을 냉동실에 정리하고 있었다. 정리를 마친 후 떡 몇 개를 환자복 주머니에 넣고 지팡이를 짚고 걸어가 병실 다른 환자들에게 나눠주고 있었다. 그런데 한 할머니가 능숙한 휠체어 운전으로 들어왔다.

며칠 전 다른 병실에서 우리 병실로 이사 온 할머니를 보러 오신 할머니였다. 나는 그 할머니에게도 떡을 하나 주려고 다가갔다가 바로 그 할머니가 ○순달이라는 이름이 적혀 있는 휠체어의 주인이란 것을 알게 되었다.

나는 혼자서 반가운 마음에 "할머니가 ○순달 할머니구나. 이거 맛있는 떡이에요. 드셔보세요." 하고는 떡을 하나 건네주었다.

할머니의 얼굴을 정확히 알게 된 건 그때가 처음이었다.

짧은 백발에 얼굴은 동그랗고 체구가 좀 넉넉한 모습이었다.

그날은 주말이어서 간단한 주말 치료만 하고 내려와 병실 환자들과 수다를 떨며 쉬고 있었다. 그런데 그 순달 할머니가 다시 우리 병실로 들어왔다.

그러더니 할머니는 나를 보고 "아까 그 떡 맛있다. 하나 더 줘!" 하셨다. 엄선해서 구매한 간식이 맛있었다는 것도 기분 좋았지만 쭈뼛하지 않고 당당하게 요구하는 할머니의 태도는 딱 내 스타일이었다. 더군다나 할머니는 걸걸하고 허스키한 목소리의 소유자였다. 나는 할머니의 그 당당하고 쿨한 면모에 홀딱 반했다.

다음 날 아침, 첫 번째 작업치료 시간이 돌아왔고 나는 치료 테이블에 앉아 있었다. 그런데 오늘 내 앞에는 순달 할머니가 자리 잡고 앉아 계셨다. 나는 할머니에게 인사를 하고 싶다는 생각이 들었다. '내가 준 떡이 맛있었으니 나를 기억하실 거야.' 하고 생각하며 의자에서 일어나 할머니 쪽으로 몸을 내밀고 반갑게 인사했다.

"할머니 안녕하세요.? 저 기억하시죠? ○○ 할머니 방에 있는 아가씨. 어제 제가 맛있는 떡 줬잖아요."

그러자 할머니는 기대와는 다르게 눈을 껌벅거리며 난처하다는 표정을 지으셨다.

'나는 기억 못 해도 내가 준 떡은 기억하시겠지?'

하며 나는 더 적극적으로 떡과 나를 함께 어필했다. 하지만 할머니에게 어제의 당당한 모습은 없었다. 할머니는 어떻게 해야 할지 몰라 당황하셨다.

나도 머쓱해서 담당 치료사에게 "할머니들은 기억을 잘 못 하시나 보네요." 하며 실망했다. 하지만 한편으로는 기억을 못 해서 미안해 하고 난처해하시는 할머니의 모습이 너무 정감 있고 귀엽게 느껴졌다. 나는 그날 할머니의 나이가 생각보다 많은 90세라는 것도 처음 알게 되었다.

다음 날도 작업치료 시간에 할머니에게 인사했다. 두 번째 날도 실패였다. 그다음 날부터 나를 새롭게 각인시키고자 할머니에게 드릴 간식을 하나씩 준비했다.
어떤 날은 건강에 좋은 걸 드리고 싶다며 할머니에게 하루 견과 한 봉지를 드렸다. 그러나 그것을 본 담당 치료사는 할머니가 사레에 잘 걸린다며 견과류 봉지를 다시 나에게 돌려주었다. 내 반복된 어필에 며칠이 지나자 할머니는 내 얼굴을 정확히 기억하시게 되었다. 다만 할머니에게 내 이름을 기억하게 하는 것은 어려운 일이었다.

할머니는 담당 치료사들이 "이거 누가 줬어요?"라고 물어보면 특유의 걸걸한 목소리로 "아가씨!"라고 하셨다. "맨날 맛있는 거 주는데 이름도 모르고 아가씨라고 해요?" 하고 담당 치료사들은 할머니를 놀렸다. 나는 서운하지 않았다. 할머니는 내 이름만 모르는 것이 아니라 1년 가까이 날마다 만난 담당 치료사 이름도 모르셨다.

그렇게 시작된 나의 순달 할머니 사랑은 퇴원할 때까지 계속해서 커져 갔다. 나는 할머니가 사레에 걸리지 않고 맛있게 드실 간식이 뭐가 있을까를 자주 고민했다. 추석에는 발 토시, 목도리 같은 할머니가 쓸 만한 것들을 선물했다. 행여 부담스러워하시지는 않을까도 염려했다.

치료 시간에는 선생님들이 지겨워할 정도로 순달 할머니 얘기뿐이었다. 치료 쉬는 시간에는 할머니 옆에 앉아 할머니를 껴안기도 했다. 할머니를 안으면 기분이 좋다고 애교도 부렸다. 할머니에 대해 궁금한 것도 물었다. 할머니 고향이 어딘지, 어떻게 사셨는지, 자식은 몇 명인지, 자식들은 뭘 하는지. 할머니가 하는 얘기를 다 알아들을 수는 없지만 나는 진심으로 할머니와 대화하는 게 좋았다.

알고 보니 모든 환자와 선생님은 털털한 성격을 지닌 할머니를 좋아했다. 할머니는 치료실에 혼자 계시는 법이 없고 늘 치료사 선생님들에 둘러싸여 있었다. 선생님들은 할머니에게 애교스러운 장난을 치거나 이런저런 선물을 가져다주기도 했다. 할머니는 그야말로 이 병원 최고 인기녀였다.

나는 사랑을 받는 것보다 주는 것이 더 행복하다는 말을 새삼 깨닫게 되었다. 나는 입원 한두 달째 불안하고 위태위태했던 마음을 서서히 잊어갔다. 마음이 안정적이고 점점 더 웃고 즐거워한다는 것이 느껴졌다.

나는 사소한 것도 재밌어졌다. 하루는 순달 할머니가 담당 치료사 한 명에게 감자라고 부르는 것을 들었다. 나는 그 선생님에게 가서 물었다.

"선생님! 할머니가 왜 선생님께 감자라고 부르는 거예요?"
"제가 감자같이 생겼다고 감자라고 하세요."
선생님은 대답했다.

나는 '좋은 아이디어군! 드디어 나도 할머니가 부를 수 있는 무언가가 생기겠군!' 하며 다른 사람들은 이해하지 못할 즐거움을 발견했다.
나는 들뜬 목소리로 할머니에게 가서 물었다.

"할머니, 아침 선생님이 감자 닮았다고 감자라고 부른다면서요. 난 뭐

닮았어요? 사과? 딸기? 제가 뭐 닮았는지 생각해봐요! 제 이름이 어려우
니까 할머니가 부르고 싶은 대로 불러요."

그러자 할머니는 내 외모가 그다지 특징이 없었는지 그냥 "예쁜이!"라
고 하셨다.

내가 "그럼 앞으로 예쁜이라고 불러요." 했지만 그날 하루뿐 나에게 예
쁜이라고 부르는 일은 없었다.

처음 입원하던 날 엄마는 치료실 분위기가 궁금해 치료실을 몰래 훔쳐
보고는 울먹이면서 이야기하셨다.

"린다야. 노인들 하고는 말 섞지 마라. 나이 든 노인들과 이야기하면
네 기가 빠져 나간다."

노인들 하고 나란히 앉아 치료받을 젊은 딸을 생각하니 괜히 가슴이
아팠던 모양이셨다.

하지만 나의 순달 할머니는 젊은 사람보다 에너지가 좋으셨다. 주말
개인 운동도 컨디션 핑계로 절대 빠지시는 법이 없으셨다.

나는 이런 할머니와 퇴원하면 언젠가 헤어질 것을 늘 걱정했다. 하지
만 다행히도 우리는 서로의 가족을 인사시키는 기회를 얻게 되었다. 엄

마는 순달 할머니의 이름을 들으시고는 "호호호, 진짜 이름이 귀여우시다." 하셨고, 아빠는 90세라는 나이를 듣고 정말 건강하시다고 하셨다.

그리고 거의 엄마뻘 되는 순달 할머니의 딸과 나는 연락처를 교환했다. 나는 잘 걷기만 하면 꼭 할머니를 보러 가겠다고 했다. 할머니처럼 성격 좋으신 할머니의 딸은 "잘 못 걸어도 놀러와요!"라고 호탕하게 말씀하셨다.

할머니는 "할머니는 건강해서 120살까지 사실 거예요."라고 말하면 항상 눈을 흘기며 나를 때리는 시늉을 하셨다.

'할머니, 건강하게 오래오래 사세요. 우리 병원에서 눈치 보고 간식 먹는 거 그만하고 밖에서 편안하게 맛있는 음식 먹어요.'

[순달 할머니 딸을 만난 날]

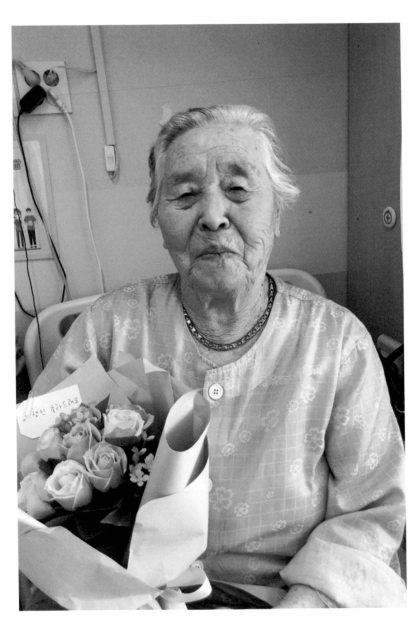

[손주가 만들어준 종이꽃을 받고 좋아하시던 순달 할머니]

나는 다시 빛날 거야

<나를 다시 빛나게 한 문장들>

『세도나 마음 혁명』, 레스터 레븐슨

'나는 나의 행복이 나의 사랑에 비례하는 것이라고 결론을 내렸다. 그러므로 나의 사랑을 증가시킨다면 나의 행복을 증가시킬 수 있다! 이것이 행복을 발생시키는 것에 관해 내가 어렴풋이나마 알게 된 첫 번째 발견이었다.'

많은 사람이 얘기한 '주는 사랑'으로 인한 행복이 진리였다는 것을 알게 되었다.

3개월차, 엄마 -

나보다 더 힘든
사람이 있을까?

재활병원 퇴원 후 23년 만에 부모님과 함께 살고 있지만, 엄마는 여전히 내 완벽한 쓰레기통이다. 몸의 마비 이후 세상이나 다른 사람들에게서 아니면 스스로에게서 차곡차곡 쌓아놓은 서운함, 분노, 좌절, 불안, 스트레스, 짜증의 감정들을 나는 기회가 주어질 때마다 엄마에게 한방에 폭발시킨다. 한 방에 크게 빵 하고 터트리는 것이 대포 같다.

이 못난 짓을 과연 멈출 수 있을까 진심으로 고민해본 적도 많다. 그만큼 나에게는 제어가 어려운 일이다. 한 번은 이런 일이 있었다.

수술 전 잠시 입원했던 재활병원에서 퇴원한 후, 엄마와 나는 수술을 집도하실 의사 선생님을 만나기 위해 서울의 한 호텔에 머물렀다. 수술할 교수님을 만나기로 한 전날에는 아빠가 고향에서 오셨다. 아빠도 그날은 내 스케줄이나 향후 재활 계획들이 마음에 들지 않은 부분들이 있었는지 전반적으로 예민해 보이셨다.

그날 저녁 엄마는 호텔 밖 편의점에서 뭔가를 사 오기로 하셨다. 그런데 호텔 생활이 익숙하지 않았던 엄마는 아빠와 내가 남아 있는 호텔 방의 카드 키를 빼서 들고 나가셨다. 내부는 완전히 깜깜해졌다. 1월부터 예민함을 일상으로 폭발시키던 나는 그 순간 "악!" 하고 소리를 질렀다.

급한 볼일로 잠시 후 어두운 화장실에 들어간 아빠는 어두운 화장실 변기 근처에서 실수하셨다. 그리고 조금 후 화장실에 들어간 나는 발로 변기 옆 어떤 액체를 밟았다.

"아악!!"
나는 다시 한번 신경질적으로 소리를 질렀다.

이런 상황을 일파만파라고 하는 것일까?
그 순간 엄마가 문을 열고 들어오셨다. 나는 아빠가 계시든지 말든지 아랑곳하지 않고 엄마에게 발작과도 같은 소리를 지르기 시작했다.

"이거 가져가면 불 다 꺼지는 거 몰라?? 이걸 가지고 나가면 어떻게 해 애애!!!!!"
"엄마가 몰라서 그랬다. 미안하다."
"화장실에 있는 건 또 뭐야!!! 뭐 밟았잖아. 가서 뭔지 좀 봐 봐!!!"

그게 뭔지 모르는 것은 아니었다. 하지만 나는 아빠의 민망함이나 불편함을 신경 쓸 겨를이 없었다. 나는 내 예민함을 최대한으로 표현하는 데만 에너지를 쏟아 부었다.

갑자기 이제 아빠의 예민함과 흥분이 시작되었다.

"자식이라는 새끼가 제 엄마 고생하는 것은 모르고 하는 짓 봐라. 저게 자식이여 뭣이여. 다 됐어. 다 됐고, 셋이 그냥 농약이나 먹고 다 죽어 버리게. 다 죽어 버려!"

아빠는 자식들 앞에서 대놓고 싫은 소리를 하지 못하는 분이셨다. 딸을 애지중지하시는 편이어서 자식들에게 '저것'이라는 둥 '새끼'라는 둥 격한 단어는 사용하지 않으셨다. 자식들에게 마음에 안 드는 부분이 있으면 애먼 엄마만 달달 볶으셨다. 아빠가 자식 앞에서 불만을 얘기하는 것은 살면서 몇 번 보지 못한 일이고 정말 화가 많이 날 때만 그렇게 한다는 것을 나는 알고 있었다.

나는 타고난 긍정적인 성격 때문인지 그간 크게 우울한 모습을 보이지 않고 지내왔다.

'하지만 이 불쌍한 나에게. 멀쩡한 얼굴을 하고 움직일 때마다 한쪽 팔이 올라가고 제대로 걸음도 떼지도, 발을 땅에 잘 딛지도 못하는 나에게. 그래도 한 단계 한 단계 묵묵히 밟아 나가려고 애쓰고 있는 나에게 농약을 먹고 죽자고? 그게 아빠라는 사람이 할 소리인가?'

나는 그 자리에서 눈물이 주룩주룩 흐르기 시작했다. 도저히 참을 수 없었다. 나는 잠옷 바람에 코트를 걸치고 핸드폰만 들고 호텔 방 밖으로 나왔다. 혼자 움직이는 것에 대한 두려움은 내 격한 감정에 비할 바가 아니었다. 1층으로 내려가는 엘리베이터를 잡아타니 주말이 다가와서 그런지 예쁘게 꾸민 젊은 커플들이 보였다.

'아, 다른 사람들은 이런 삶을 살고 이런 옷을 입는구나.'

잠옷 바람에 코트만 걸친 내 차림새가 의아해 보일 거라고 생각했다. 하지만 이미 내 이상한 걸음걸이와 몸놀림을 감출 수는 없었다.

'뭐 어때, 난 아무렇지도 않아.' 하고 생각하며 1층 로비로 내려와 소파에 앉았다.

'어디 차에라도 뛰어들어 죽어야 하나? 그런데 그런 것으론 안 죽을 걸…?'
예나 지금이나 욱하는 성질이 문제였다.

'아니야. 죽으려고 해도 이 앞 도로까지 걸어가는 것도 힘들겠다. 아, 가는 것도 춥고 귀찮아.'
'아빠의 이 행동과 나의 화나는 감정을 작은 아빠한테 전화해서 얘기할까? 작은 아빠는 따뜻한 분이시니까, 나를 달래주시고 아빠한테 전화해서 뭐라고 하실 거야. 아니야. 밤이 늦었고 그 정도까지는 관심 없으실 거야.'

나는 그냥 여동생에게 전화를 걸었다. 그리고 아빠가 한 행동을 얘기하며 울면서 하소연했다. 내가 살면서 들어본 가장 무식한 말이라며 흥분했다.
동생은 나를 위로했다. 그리고 그 순간 엄마가 내 옆 소파에 앉으셨다.

"린다야. 들어가자. 추운데 옷도 제대로 안 입었잖아. 빨리 들어가자.

아빠한테 얘기했어. 당신이 이길 수 있는 딸이 아니라고. 당신보다 더 대단한 성격을 가진 딸이니까 당신이 먼저 사과하라고.”

나는 듣는 척도 하지 않았다.

“린다야, 너는 지금 세상에서 네가 제일 힘들다고 생각하지? 그런데 세상에는 너보다 힘든 사람들도 있어. 엄마를 봐. 엄마는 저런 소리는 아무렇지도 않아. 너희 아빠가 성격이 급해서 성질이 날 때는 엄마는 저런 소리쯤은 살면서 몇 번도 들어 봤어. 네가 결혼을 안 해봤고 힘든 게 없어서 잘 모르지. 결혼하고 살다 보면 더 힘든 일도 많아. 아빠가 그냥 하는 소리야. 그냥 화가 나서 하는 소리니까, 네가 이해하고 얼른 들어가자. 응?”

나는 코트 소매에 눈물, 콧물을 훔쳐내면서 엄마에게 퍼부었다.

“아니, 아무리 화가 나도 그렇지. 생각을 해봐. 어떻게 지금 나한테 죽자는 얘기를 할 수 있어? 농약을 먹고 죽어? 살다 살다 그런 무식한 얘기는 처음 들어봤어. 말이 돼? 어떻게 그럴 수가 있어!!! 난 안 들어갈 거야. 엄마 들어가. 들어가!! 난 안 들어갈 거라고!”

‘흑흑 흑흑.’ 눈물이 멈추지 않았다.

엄마는 어쩔 수 없이 일단 후퇴하셨다.

엄마가 가신 후 나는 혼자 울면서 잠시 생각했다.

'정말 나보다 더 힘든 사람이 있을까? 말도 안 돼. 아니야. 엄마 말대로 그럴지도 몰라.'

엄마는 항상 메시지를 던지고 나를 진정시키고 생각하게 하는 사람이었다.

수술이 끝나고 추후 일정을 위해 서울의 한 아파트에서 지낼 때도 마찬가지였다. 아빠와 나는 띠가 상극이어서 그런지 잘 맞지 않는 것 같았다. 나는 아빠의 행동이 거슬렸고 눈에 잘 보였다.

늙은 아빠는 하루에 세 개의 주제와 연관되는 말만 하셨다. 그 당시 아빠의 관심 주제는 쌀, 정치(지지당, 반대당), 소금이었다. 혼자 오래 살았고 나만의 스타일이 강한 나는 늙은 아빠의 모습을 이해하기 힘들었다. 더군다나 가부장적인 아빠가 엄마를 대하는 태도는 더 싫었다.

나이가 많은 사람들에게 나는 속된 말로 '싸가지 없는 젊은 애'일지도 모른다고 생각했다.

'잘못된 행동이 있다면 나이 많아도 고쳐야지!'

실제로 고칠 수 없다는 것을 알면서도 나는 항상 이런 태도를 유지해왔다.

나는 나이가 든 남자들이 고자세를 유지하면서 실제로 그들의 일거수 일투족을 부인들에 의지한다는 것을 잘 알고 있었다. 아빠도 마찬가지였다. 아빠는 늘 하던 것처럼 엄마에게 사소한 질문을 하시고 물심부름도 시키셨다. 하지만 갑자기 몸이 불편한 딸이 생겨 쉴 틈 없이 바쁜 엄마에게 하는 아빠의 이런 행동들이 나는 너무 거슬렸다.

서울에서 지내는 동안 내가 아빠와 하는 대화는 늘 쌀쌀맞았다. 가끔은 무시와 빈정거림에 가까웠던 적도 많았다. 하루는 엄마가 차마 볼 수 없으셨는지 방에 들어와서 얘기하셨다.

"너도 알다시피, 엄마는 아버지 없이 자랐어. 그래서 아빠와 결혼하겠다고 결심했을 때 내가 이 남자를 평생 지켜야 한다고 생각했어. 아빠가 몇 년 전에 암 수술을 받고부터 나는 항상 아빠가 걱정돼. 나는 너도 중요하지만, 너희 아빠도 중요해."

"린다야, 늙은 부모가 너처럼 똑똑하길 하겠니, 어디 가서 남들 앞에서 말을 조리 있게 잘하겠니. 부모가 아무리 무식해도 부모한테 그러면 안 되는 거야. 너는 모르겠지만 아빠가 몇 년 전부터 이상하단 말이야. 예전 같지가 않아. 항상 우울하고 자신감도 없고 길도 자꾸 헷갈리셔. 그리고 올해 네가 이렇게 되고 나서는 아빠도 충격을 받았는지 더 이상해진 것 같아. 아빠한테 따뜻하게 대해줘. 지금도 봐. 네가 쌀쌀맞게 하니까 어두운 방에 불도 안 켜고 혼자 저렇게 가만히 누워 있잖아. 네가 자꾸 쌀쌀맞게 하면 아빠가 자신감도 없어지고 더 이상해져."

나는 또 펑펑 울었다. 어릴 때부터 엄마는 첫째 딸이 다른 사람을 배려하는 마음이 부족하다고 생각했는지 입만 열면 나에게 다른 사람을 배려하라고 가르치셨다. 엄마는 항상 나를 제어하고 쉽게 하여 생각하게 만드는 분이셨다.

나는 택시를 탈 때도 자리에 앉기가 무섭게 택시 기사님들에게 "안녕하세요." 하고 상냥하게 인사를 하곤 했다. 나는 내가 잘난 것이 없다고 생각했다. 그래서 내가 세상에 기여할 수 있는 일은 사람들에게 친절하고 상냥하게 인사하고 행동하는 것이라고 생각했다. 그렇게 생각한 후부터 나는 항상 다른 사람들에게 친절한 태도를 유지하려 애써왔다.
'그런데 정작 부모님에게 하는 행동이 이렇다니. 몸이 이렇게 됐다고 해서 나라는 사람이 몽땅 다 엉망이 되어서는 안 되잖아.'

나는 내가 정말 한심했고 아빠가 불쌍했다. 앞으로 아빠를 따뜻하게 대하기로 결심했다.
'이렇듯 나의 멘토인 엄마. 다 됐고요. 짜증이나 좀 줄여보도록 노력하겠습니다.'

[재발 열흘 전 엄마와]

<나를 다시 빛나게 한 문장들>

『두려움이 인생을 결정하게 하지 마라』, 브랜든 버처드

'잠시 멈춰서 한 마리 매가 되어 내 인생 위를 맴돌며 살펴본다면, 그래서 나를 내려다본다면 나는 무엇을 하고 있는 걸로 보일까?'

내가 꽤 괜찮아 보일 때도, 한없이 부족해 보일 때도 많은 사람이라는 것을 안다. 적어도 나를 계속 보려고 노력해야겠다.

아플 때
잘해야 한다고요?

뇌출혈이 재발하고 며칠 후 이모가 병원에 오셨다. 코로나 이후 예전과 같은 형태의 문병이 가능한 병원은 없었다. 다행히도 이 병원은 병원 1층 카페에서 방문객을 살짝 만나는 것이 가능한 정도의 제한을 하고 있었다.

첫 병원에서의 내 유일한 즐거움은 휠체어를 타고 엄마와 함께 1층에 있는 빵집이나 카페에 가는 것이었다. 담당 의사 선생님은 먹는 음식의 종류가 내 병의 호전과 크게 상관이 없으니 다 잘 먹으라고 했음에도, 엄마는 내가 1층 빵집에 가자고 할 때마다 달가워하지 않으셨다. 그런데 이모가 오시니 기쁘게도 카페에서 샌드위치를 하나 먹을 기회가 생겼다. 이모는 나를 보고 안도하는 눈치셨다. 아마 코로나로 인해 병실 면회가 되지 않아 누워 있는 모습을 보지 못한 이유라 생각했다. 누워 있는 모습을 보셨다면 괜히 '아이고야, 누구야!' 하는 소리가 절로 나왔을 것 같다는 생각이 들었다.

어쨌든 이모는 평소 이모의 스타일대로 나를 위로하셨다.
"요즘에는 휠체어도 좋은 거 많더라."

빨리 걷겠다는 의욕이 넘치는 나에게 휠체어라니.
'휠체어라뇨! 걸어야죠.'라고 말하고 싶지만, 그것이 이모의 위로인 것을 알고 있었다.

이모는 엄마를 보고 얘기하셨다.
"야야, 아플 때 잘해라. 너희 형부가 아팠을 때 자기 엄마가 잘 못 해줬다고 평생 서운해하더라."
'에이, 그런 게 어디 있어. 가족이니까 당연히 할 수 있는 걸 하는 거지. 잘하고 말고가 어디 있어. 이모는 참.' 하고 나는 생각했다. 하지만 이 얘기는 딱히 엄청나게 틀린 얘기도 아니었다.

눈의 문제가 생겼을 직후부터 지금까지, 나에게 따뜻함과 사랑을 베풀어준 사람들이 내가 생각했던 것 이상으로 많았다.

베스트 프렌드는 눈이 이상하다는 얘기를 전해 듣자마자 거금을 턱 하니 내놓았다. 그리고 친구는 나에게 하고 싶은 것을 하고 맛있는 것을 사 먹으라고 했다. 하고 싶은 것을 별 고민 없이 하며 사는 미혼인 나에게 말이었다. 아이를 키우느라 빠듯하게 살림하는 친구에게 그 돈이 얼마나 소중한 돈이었을지 나는 생각했다.

아프고 난 뒤에 만난 나의 첫 감동이었다.

친구는 수술 전후로 나를 볼 수 있는 곳이면 어디든 달려와 주었다. 발병 초기 혼란의 시간이 한창일 때 얼마나 큰 힘이 되었는지 몰랐다. 친구는 수술 직전에도 걱정이 많은 나에게 이야기했다.

"우리 욕심 많이 내지 말자. 밥 먹을 수 있는 것에 감사하자."
나는 '내가 밥만 겨우 먹을 상황이 되어도 나를 인정해줄 친구가 최소한 한 명은 있겠구나. 그냥 다 괜찮을 수 있겠구나.' 하고 스스로 위로했다.

항상 따뜻한 마음으로 나를 안아준 언니도 있었다. 주니어 때 다니던 회사에서 대리님이었던 언니와는 벌써 15년이나 된 인연이었다. 언니는 평소에도 어려운 순간마다 슈퍼맨처럼 나타나 적절한 위로와 자신감을 불어넣어주던 가치가 넘치는 사람이었다. 언니는 전 세계에서 2%밖에 없다는 정의로운 사회운동가형 ENFJ의 MBTI를 가지고 있었다.

언니는 내 인생 최대의 위기라고 할 수 있는 이 시기에 최고로 힘을 내서 나를 도와줘야겠다고 다짐한 것 같았다. 언니는 매번 그 천사 같은 모습으로 나를 놀라게 했다. 언니는 내가 가는 재활병원마다 잊을 만하면 집 반찬을 탈탈 털어왔다. 무슨 날에는 특별식을 가져오기도 하고 내가 좋아하는 빵집에서 앙버터를 사다주기도 했다. 항상 먹고 싶은 것들을 물어보며 챙겨주었다.

처음 잠시 입원했던 재활병원에서 언니가 가져온 정성스러운 반찬을 같이 먹으면서 감탄사를 연발하시던 엄마가 물으셨다.

"너도 언니한테 이렇게 잘하니?"

엄마는 항상 나를 못 미더워하시는 것 같았다. 내가 어디 가서 민폐 짓이나 하고 다니는 것은 아닌지 늘 걱정이 되는 모양이셨다. 회사 연말 자가 평가도 아니고 나는 뭐라고 답해야 할지 몰랐다.

"몰라, 엄마. 이제 진~짜 잘하려고!"

이 대답은 내 깊은 진심이었다.

멀리 미국에서 시간을 내서 문병 온 친구도 있었다.

어느 날 운동을 마치고 병실로 돌아왔을 때, 요양보호사 선생님께서 밝게 웃으며 말했다.

"뉴욕에서 꽃이 왔어요."

10년 만에 받아본 꽃바구니 선물에 나는 너무나 좋아했다.

"진짜 꽃이네요. 꽃향기가 나요!"

꽃 선물은 신기한 마력을 지녔는지 나는 사랑받고 있다는 기분이 들었다.

항상 사려 깊고 따뜻한 친가 친척들과 물심양면으로 지원해주신 이모의 마음도 잊을 수 없었다.

'알아요. 이모. 말투는 투박하지만, 마음이 정말 큰 분이시라는 거.'

이모의 말은 대략 맞았다. 힘들 때 도와주는 사람을 잊지 못하는 것이 당연한 마음이었다. 나는 매번 나에게 감동을 주는 모든 사람을 보면서 생각했다.

'나는 앞으로 너에게 충성을 다할 거야. 내 스타일 알지?'

<나를 다시 빛나게 한 문장들>

『타인의 시선을 의식해 힘든 나에게』, 글배우

'아무리 주어도 아깝지 않은 사람이 있다면 그건 이미 내가 그에게 많은 행복을 받아서입니다.'

나는 몸이 불편해졌지만 살면서 받을 수 있는 가장 따뜻한 사랑을 받았다.

외국인이
올 것 같아요

제라드(Gerald)를 만난 시기는 '나의 삶'에 대해 고민하던 시기였다.

나의 삶.

회사 생활은 내 삶에서 큰 비중을 차지해왔다. 가끔 친구들과 만나 시간을 보내는 것을 즐기기도 했지만 혼자 있는 시간도 즐겼다. 아침이면 일찍 일어나 동네 산책하는 것을 좋아했다. 주말에는 서울시의 대중교통과 내 뚜벅이의 조합으로 서울 시내를 하염없이 돌아다니기도 했다. 퇴근 후 기분 좋은 샤워를 하고 유튜브나 전자책을 보는 것이 소소한 취미였다. 주말에는 아이패드로 영어 공부를 하는 것도 좋아했다.

어느 날 나는 생각해보았다. 아직 부족하지만, 지팡이와 보조기 없이도 걸을 수 있었다. 회사에 다니는 것을 제외하면 사실상 대부분이 가능했다. 나는 책을 읽고 영어 공부도 할 수 있었다. 걸음의 속도와 스무드함만 제외하면 간단한 산책을 즐길 수 있다는 생각도 들었다. 물론 현재의 재활 성과에 만족한다는 것은 당연히 아니었다. '나로 사는 것을 기억해 지키고 거기서 느끼는 만족과 즐거움은 지금도 느낄 수 있다.'라는 태도가 중요하다는 생각이 들었던 것이었다.

나는 시야 장애 진단 이후부터 글자를 읽는 것에 대한 거부감 때문에 책을 읽고 싶다는 생각이 별로 들지 않았다. 하지만 최근 전자책 어플을 자주 열기 시작했다.

병원 로비 소파에서 커피를 배달받아 카페 분위기를 내며 책을 읽거나 미국 시트콤을 보기도 했다. 이런 소소한 행동은 예전의 나를 떠올리게 했다.

하루는 작업치료 선생님이 말했다.

"병원에 외국인이 올 거 같아요. 제 환자 한 분이 퇴원해서 제 치료 시간이 하나 비었어요. 제가 맡게 될까 봐 너무 걱정돼요."

"뇌 질환 환자예요? 수술 환자예요? 뇌 질환 환자라면 아마 영어 서비스가 더 잘되어 있는 병원을 선택했을 것 같아요. 이 병원으로 온다면 아마 무릎이나 고관절 수술을 받은 환자일 가능성이 크겠네요."

뇌 질환 환자인지 수술을 받은 환자인지를 제외하고는 다른 환자들에 관한 관심은 없었다.

선생님도 이름이 영어라는 것 말고는 다른 정보를 알지 못한다고 했다.

"그럼 진짜 외국인인지 교포인지도 모르겠네요? 교포라면 그래도 한국어를 조금은 알아들을 텐데…. 그러면 선생님들이 좀 더 편하실 텐데요. 그리고 정말 머리가 노란 외국인이라 하더라도 이 병원에 입원한다면 한국에 오래 살았거나 한국 문화가 꽤 익숙한 사람일 거예요. 너무 걱정하지 마세요. 재밌을 거 같은데요."

사회 경험이 적지 않은 탓인지 나는 반 점쟁이처럼 말했다.

며칠 후, 체구가 좋은 조금 이질적인 분위기의 동양인 한 명이 목발을 짚고 병원에 나타났다. 외국인 환자를 맡게 될까 봐 걱정하던 선생님은 다행히 그 외국인 환자를 맡지 않게 되었다. 하지만, 놀랍게도 내 다른 담당 치료사 선생님이 그 환자를 맡게 되었다.

그래서 나는 치료 시간에 선생님으로부터 그 환자에 대한 간단한 정보를 들었다. 다행히 운동 선생님은 영어 반, 한국어 반으로 진행하는 외국인 환자와의 치료 시간을 즐기는 것 같았다.

"제라드(Gerald)님 정말 착하고 좋으세요. 운동을 좋아해서 태권도도 오래 했고 미식축구도 했었대요. 첫날은 와이프 분도 함께 오셨는데 그분도 너무 좋으시고요. 딸도 두 명이나 있대요. 이 근처 아파트에서 10년 넘게 사셨대요."

"어쩐지 덩치가 좋으시더라…. 외국 분들이 태도가 좀 나이스하긴 하죠!"

나는 무관심한 척하며 말했다.

당시 나는 앞으로의 삶에 대해 꽤 적극적인 사고방식을 가지고 있었다. 발병 초기부터 걱정했던 '앞으로 회사에 다닐 수 있을까?' 하는 문제에 대해 현실적이고 긍정적으로 생각을 하기도 했다.

'업무적인 전문 스킬은 재활을 하면서 책도 보고 틈틈이 더 강화해 나가면 돼. 걷는 건 더 좋아지면 좋아졌지 나빠지지 않을 거야. 최악의 시나리오인 왼손 재활이 잘되지 않은 상황이 생기더라도 나는 오른손으로 타이핑도 하고 컴퓨터도 다룰 수 있어. 내 업무의 많은 부분은 사람들을 만나 회의를 하는 것이었고 그 회의가 영어 회의일 때도 있었어. 영어 실력은 내 커리어에 있어 중요한 부분 중 하나야. 영어 공부도 꾸준히 해야겠어. 영어 실력이 지금보다 조금 더 좋아진다면, 내가 좀 신체적으로 한계가 있어도 회사가 나를 채용할 수도 있어.'

너무 내 위주의 긍정성이었는지 모르겠지만 좋은 게 좋다고 나는 긍정적으로 생각하기로 했다. 그런 생각이 한창이던 즈음 병원에 외국인 환자가 들어온 것이었다. 그러니 나는 최소한 그 환자와 영어 연습이라도 해야 하는 것이었다.

나는 치료 대기 시간에 제라드(Gerald)가 치료 매트에서 선생님을 기다리고 있을 때 제라드(Gerald)에게 다가갔다. 그리고 고민하던 문장들을 쏟아냈다.

"Hi! You must be Gerald. Nice to meet you. It's Linda."
("안녕? 네가 제라드구나. 만나서 반가워. 난 린다야.")

"Hi, Nice to meet you. It's Gerald."

("안녕? 만나서 반가워. 난 제라드야.")

"Can I talk to you sometimes? I would like to practice my english."

("나 영어 좀 연습하려고 하는데 가끔 말 걸어도 될까?")

병원에 갓 입원한 상황에서 제라드(Gerald)든 누구든 이런 부탁을 거절할 일이 없었다. 다시 대화할 것을 약속하고 며칠 후 병원 로비에서 제라드(Gerald)를 만났다. 그리고 우리는 이런저런 얘기를 나누기 시작했다.

제라드(Gerald)는 어릴 때 캐나다에 이민 간 캐나다 교포였다. 한국에 잠시 들어와서 부모님 사업을 돕고 있을 때 지금의 아내를 만나게 되어 결혼 후 한국에 정착했다고 했다. 인공 고관절 수술 후 재활 치료를 위해 집 근처 병원인 이곳에 입원했다고 했다.

나도 간단하게 내 소개를 했다. 올해 이렇게 되었고 처음 이 병원에 왔을 때는 휠체어를 탔는데, 지금은 지팡이 없이 걷는 연습을 하고 있다는 것을 자랑스럽게 말했다. 이전에 외국계 회사에서 일한 경험이 많았다고 말하며, 언젠가 다시 회사에 다니는 것이 목표라고도 했다. 내 커리어에 있어 영어 실력이 중요하기 때문에, 네가 병원에 있는 동안 영어로 얘기하고 싶다고 말했다.

제라드(Gerald)도 나를 응원하면서 알겠다고 했다. 제라드(Gerald)는 '네가 해모라쥐 때문에 패럴라이즈되고 나서 어쩌고저쩌고.'라고 하면서 질문을 했다. 유추해보니 '해모라쥐(hemorrhage)는 뇌출혈'이고 '패럴라이즈드(paralyzed)는 마비된'이었다. 엄밀히 따지면, 나는 그냥 마비가 아니고 한쪽이 마비된 헤미플레지아(hemiplegia)였다.

나중에 많이 회복된 후 외국인을 만나 이야기할 상황이 생길 때를 대비해 내 경험에 관해 설명할 수 있는 단어들을 알아야 한다고 생각했었다. 그런데 이렇게 배우고 있는 것이었다.

나는 제라드(Gerald)와의 대화가 즐거웠다. 제라드(Gerald)와 나는 치료실이나 병원 로비에서 만날 때마다 서로 시시콜콜한 얘기를 나누기도 하고, 병원 식사에 대한 불만도 얘기했다. 서로 가지고 있는 간식을 나누기도 했는데 이것은 환자들의 소소한 사회생활과도 같았다.

나는 내가 더 오래 입원 생활을 했기 때문에 친한 환자들을 제라드(Gerald)에게 소개하기도 했다. 물론 나의 순달 할머니도였다.

"Gerald! She's my favorite. She's 90."
("제라드! 내가 좋아하는 할머니셔. 할머니는 90세셔.")

"할머니~ 이 사람은 미국 사람이에요. 할머니 영어로 말해야 해요."
나는 양쪽을 소개했다.

제라드(Gerald)가 정중하게 교포 특유의 억양으로 "안녕하세요."라고
인사하자 순달 할머니는 기대를 저버리지 않는 귀여움을 발산하셨다.

"Hi! Ok! Hello! Ok!"
우리는 할머니가 귀엽다고 마구 웃었다.

뇌를 다친다는 것은 다양한 부분에서 자신의 정체성을 잃을지도 모른
다는 것이다. 이러한 정체성은 정신적인 측면뿐 아니라, 원래 가지고 있
던 몸의 움직임이나 다른 여러 가지 측면과도 연관이 있을 것이다.
70대 편마비 환자분 중 발병 전까지 공연하러 다니시던 댄서가 계셨
다. 이분이 편마비로 자신의 정체성을 얼마나 많이 잃어버리셨을까?

수술 후 부모님과 서울에서 지내는 동안, 둘째 작은 아빠네 식구들이
문병하러 왔다. 그때는 발병 3개월째였고 둘째 작은 아빠네 식구들은 내
모습을 처음 봤을 때였다.
사촌 동생들은 내 뇌출혈 소식을 듣고, 그동안 그게 어떤 것일까 궁금
해 하고 상상만 해왔을 것이었다. 그런데 나를 보니 생각했던 모습보다

는 괜찮아 보였는지 이렇게 얘기했다.

"언니! 언니가 말을 해서 그런지, 언니가 그냥 원래 린다 언니 같아."

사실 수술 후에는 발음에 자신감이 더 없어졌다. 말을 빨리하거나 많이 하려고 하면 목소리 크기나 높낮이를 조절하지 못하는 문제도 있었다. 하지만 다른 사람들이 볼 때는 이 부분이 크게 눈에 띄지는 않는 것 같았다.

작은 엄마도 "그래, 린다야. 네가 말을 잘해서 그런지 그냥 너 같아." 하셨다. 나는 이 말이 정말 좋았다. 전처럼 움직일 수 없었지만, 사람들이 여전히 나를 그대로 받아들인다는 사실이 기분 좋았다.

크리스마스가 되자, 제라드(Gerald)는 정성스러운 아메리칸 스타일의 크리스마스 카드를 보내 왔다. 카드에는 말을 걸어줘서 고맙고, 나 때문에 병원 생활이 너무 즐거웠다는 내용이 있었다.

나는 제라드(Gerald)가 고마웠다. 내가 될 수 있는 모습을 느끼게 해줘서.

[제라드(Gerald)가 퇴원하던 날]

나한테
다들 왜 이러는 거야?

30대 중반에 회사에서 팀장 직위를 맡게 되면서 나는 어떻게 해야 할지 몰랐다. 내 경력이 다른 팀원들보다 많긴 했지만 동등한 팀원으로 함께 일을 하다가 갑자기 팀장이 된 나를 동료들이 어떻게 생각할까 걱정되었다. 나보다 어린 친구들 대부분은 학벌도 좋고 영어도 잘했다. 그에 비해 나는 보잘것없는 것 같았다. 전문 지식보다는 야생에서 익힌 파이팅 넘치는 태도밖에는 없는 것 같았다. 내게는 제대로 된 리더십 같은 것은 고사하고 당장 어떤 태세를 갖추는 것이 필요했다. 당시 내가 취한 행동은 인자한 표정으로 미소 짓기와 팀원들의 의견을 최대한 존중하는 것이었다.

물론, 이것은 아름다운 기억 중 하나였다. 이것이 전부는 아니었다. 한 번은 내 업무를 도와주었던 계약직 친구가 정규직에 채용될 수 있도록 최선을 다해 도왔다. 그런데 다른 팀으로 간 그 친구에게 아무렇지도 않게 업무 부탁을 했다가, 그 친구가 왜 그걸 저에게 시키냐고 대들었던 기억도 있었다. 당시 가슴을 치며 억울해했던 사건이었다.

이직한 회사의 아래 직원이 첫 만남에서 대화를 하다가 '차장님은 언제까지 회사 다니실 건데요?'라고 한 되바라진 멘트를 한 적 있었다. 나는 '하…. 내가, 매니저인 내가 너의 롤 모델 아니었어? 어떻게 감히 직장 상사한테 회사를 언제까지 다닐 계획이냐는 질문을 할 수가 있어? 하여간 요즘 친구들. 싸가지 없는 것 하고는!' 하며 속이 부글부글했었다.

이런저런 사건을 겪으면서 나는 회사에서 갈수록 늘어나는, 열 살은 어린 친구들과 함께 일을 하기 위해 그들을 이해하려고 노력하지 않을 수 없었다.
그러다 보니 나의 사고방식은 어느새 나보다 나이가 열 살은 어린 친구들의 사고방식에 많이 동화되어버렸다. 이런 나에게 나이가 많은 사람들과 함께 생활해야 하는 병원 생활은 혐오스러움 자체였다.

예를 들면 이런 상황이었다.

어느 날 병실에 70대 환자가 훈제 계란을 가져와 먹으라고 했다. 나는 괜찮다며 거절하는 제스처를 취했다. 그러자 옆에 있는 또 다른 70대 환자가 나에게 충고하듯 말했다.

"기분 나빠하시잖아. 받아."

으으응? 내가 잘 안 먹는 음식을 거절한 것이 왜 기분이 나쁘며 저 오지랖 넘치는 조언은 또 무엇인지. 안 먹는 음식은 버리게 되니 당연히 거절하는 것이 나의 사고방식이었다.

그들의 오지랖은 늘 선을 넘었다.

갓 수술하고 입원해 우리 병실로 온 수술 환자 둘이서 나를 보며 수군거렸다.

"젊은 사람도 뇌출혈이네."

"걷네, 걷네. 걷기는 하네."

화장실에 가다 잊은 게 있어 다시 병실로 들어오는 나를 보고 그들은 다 들리는 목소리로 다시 속삭였다.

"들어온다. 들어온다. 왜 들어온대? 왜?"

나이가 많은 사람들 틈에서 나는 흡사 동물원 원숭이 같았다.

나보다 나이가 어린 친한 환자가 얘기했다.

"언니, 나는 병실에서 항상 에어팟 끼고 있잖아. 내가 대답을 잘 안 하니까 하루는 자기들끼리 '저이는 귀가 잘 안 들리나 봐.' 그러더라고. 하하하하. 나이 든 사람들 지긋지긋해. 결혼은 했니 안 했니. 하도 쓸데없는 걸 물어봐 대서 그래서 내가 맨날 밥 먹자마자 로비에 와서 앉아 있는 거잖아."

병원에서 소수자인 우리 젊은 사람들은 이런 면에서 병원 생활을 지긋지긋해했다.

하지만 나는 그래도 40대였다. 가부장적인 아빠 밑에서 성장했고 평생 친할머니와 살았다. 나는 원래 윗사람들에게 상냥한 사람이었다.

나는 온라인 쇼핑에 익숙하지 않은 아주머니를 위해 쇼핑 앱을 설치한 후, 본인 인증과 신용 카드 등록까지 해 드리고 사용 방법도 알려주었다. 그래도 어렵다며 대신 물건을 주문해달라고 하면 귀찮지만 현금을 받고 물건을 대신 주문해주기도 했다. 먹고 싶다는 음식은 배달을 시키기도 했다. 그 아주머니는 린다 씨가 있어서 너무 좋다고 했다. 나는 남을 도울 수 있어 기분이 좋았다. 하지만 그분들은 어느 순간 선을 넘으셨다.

어느 날, TV를 보던 70대 환자 한 명이 나를 불렀다.

"린다 씨! 린다 씨! 저 박원숙이 쓴 모자 좀 봐봐."
병실에 개인 TV가 있었지만 나는 단 한 번도 TV를 보지 않았다.

'본인 자리로 와서 보라는 얘긴가?'
적당히 모른 척하고 있는데 또 부르는 소리가 들렸다.

"린다 씨! 린다 씨! 저 박원숙 모자 좀 봐봐. 예쁘다. 나 저것 좀 사줘."
'내가 개인 쇼핑 도우미야, 뭐야?' 나는 어이가 없었다. 이것은 제 딸한
테 해도 욕먹을 행동이라고 생각했다. 그래도 어른들한테 친절하게 행동
하는 것이 몸에 배어 있는 나는 최대한 내 짜증을 표현한다는 것이 이 정
도였다.
"아니, 적어도 무슨 브랜드인지는 알아야죠!"

나는 정말이지 싫은 소리를 대놓고 잘하는 편은 아니었다.

선을 넘는 사람들은 병실 밖에도 많았다. 나이 든 남자들은 젊은 여자
에게 당연한 친절함을 기대하는 것 같았다. 내가 몸이 불편해지기 전까
지는 길이든 대중교통이든 나에게 말을 거는 사람은 없었다. 한껏 도도

한 척 걷는 나에게 누가 쉽게 말을 걸겠는가? 그런데 몸이 불편해진 이후로는 사람들이 나에게 쉽게 말을 걸 뿐만 아니라 반말을 하는 경우도 많았다.

"걸음은 좀 걷네. 근데 팔은… 팔 운동은 안 해?"
나이가 좀 있는 아저씨였다.
나는 "팔 운동도 하죠!"라고 대답하고 속으로 또 대답했다.
'아저씨는 그 휠체어 언제까지 타실 건데요?'

걷고 있는 내 손을 덥석 잡으며 손 마사지를 해주고 싶다며 말을 거는 아줌마가 있었다. 나는 뭐라도 도움되는 얘기가 있을까 싶어 아줌마의 얘기를 열심히 들었다. 아줌마는 남편이 재활을 열심히 해서 의사 선생님께 칭찬을 받았다고 자랑했다. 조심스레 뇌 질환 환자였냐고 물어보면 무슨 수술 환자였다고 하는 것이었다.

본인이 운동을 열심히 한다며 맨날 자랑하는 아저씨도 있었다. 그 자랑을 몇 번 들어주었을 뿐이었는데 아저씨는 어느 날 나한테 이런 식으로 친한 척했다.
"야! 잘 걷네!"
'야'가 감탄의 '야'인지 나를 부르는 '야'인지는 미스터리였다.

무릎 수술한 자리가 아프다고 하소연하며 나보고 '그래도 아픈 데는 없지 않냐.'라고 얘기를 하는 아줌마도 있었다. 그럴 때면 나는 팔을 한껏 더 높이 들고 걸으며 자리를 떠나곤 했다.

나는 또 속으로 말했다. '저랑 바꾸실래요?'

'아니, 도대체 왜 나한테 다들 이러는 거야? 나하고 그냥 얘기하고 싶은 거야?'

나는 시간이 지날수록 더는 상냥하지 않고 대답도 잘하지 않고 불친절해졌다.

얼굴이 예쁜데
어째

나에게 쓸데없는 말을 거는 많은 사람 중에서 아빠뻘 되는 유독 마음에 들지 않는 한 환자가 있었다. 이 환자는 뇌의 어디가 다친 것인지 모르겠으나 외관이 멀쩡한 사람이었다. 병원에서 뇌 질환 환자지만 신체기능이 좋은 환자들을 수도 없이 봐왔다. 뇌졸중이 경미하거나, 말만 살짝 어눌하거나, 인지가 살짝 안 좋거나, 너무 경미해서 이도 저도 아무 문제가 없는 환자거나. 이 환자도 그런 부류 중 하나인 것 같았다.

어느 날 그 아저씨가 나에게 이렇게 물었다.

"아니 왜 이런 거야? 다리를 다친 거야, 날 때부터 이런 거야?"

"뇌출혈이요."

"얼굴이 예쁜데 어째."

나는 속으로 하는 말이 부쩍 늘었다.

'그러게요. 예쁜데 이렇게 되어버렸네요.'

도저히 대답할 수 없는 무례한 질문들을 왜 그렇게 하는지 나는 너무 불쾌했다.

어느 순간부터 나는 이 아저씨의 대화 시도에 더 반응하지 않게 되었다. 질문 대부분은 대답할 가치가 없었다.

11월 어느 날, 병원 로비 소파에 앉아 커피 배달을 시켜 책을 읽고 있을 때였다. 갑자기 왼쪽에서 누가 내 허리를 손으로 두 번 쓸어내리더니 느끼한 목소리로 말을 했다.

"오늘은 안경을 안 썼네."

나는 왼쪽 시야 장애로 옆에 있는 사람이나 상황을 파악할 수 없었다. 또 나에게 말하는 소리가 들렸다.

"안경을 안 쓰니까 더 예쁘네."

순간 나는 놀란 나머지 몸이 돌처럼 굳어졌다. 그리고 생각했다.

'이런 심한 장난을 칠 사람이 누구지? 치료사 선생님일까? 친한 환자일
까? 도대체 누구지?'

아무리 생각해봐도 이런 짓을 할 사람은 없었다. 나는 어쨌든 이건 아
니라고 따끔하게 말해야겠다고 생각했다. 그래서 누군지 파악이 될 만큼
만 왼쪽으로 고개를 돌렸다.

그런데 그 불쾌한 아저씨였다. 나는 가슴이 콩닥콩닥 뛰면서 순간 머
릿속으로 오만가지 생각이 들었다.

'어떻게 화를 내야 내 분노가 좀 가라앉을까? 내가 화를 냈는데, 혹시
이 아저씨가 어쭙잖은 변명을 늘어놓으면 억울해서 어떡하지? 혹시 적
반하장으로 화를 내면 어떡하지?'

절대로 이 상황을 흐지부지하게 끝내고 싶지 않았다. 이 나쁜 아저씨
를 내가 잘 처단할 수 있으면 좋겠지만, 몸이 불편하고 흥분하면 말도 잘
못하니 자신감이 없었다. 상대는 최소한 잘 걷는 사람이었다.

나는 억울했지만 그 아저씨가 자리를 뜰 때까지 모른 척하고 가만히 앉아 있었다. 그리고 치료 시간이 되자 선생님에게 흥분하며 얘기했다. 나는 선생님의 조언에 따라 치료가 끝나자마자 병원 매니저에게 가서 사실을 보고했다. 흥분하니 발음이 좋지 않았다. 매니저는 정확한 사건 발생 시간을 물었고 일단 CCTV를 확인해볼 것이라고 했다.

다음 날 아침 재활센터 최고 관리자와 간호 실장이 나에게 면담을 요청했다. 나는 이제까지 있었던 일과 어제의 사건을 낱낱이 보고했다. 그리고 병원은 나에게 이 일이 어떻게 처리되기를 원하는지 물었다. 나는 그 아저씨가 내 눈에 띄는 것, 대화를 시도하는 자체가 너무 싫었기 때문에 그 환자가 더는 나에게 접근하지 않게 해주기를 요청했다. 병원 측의 엄포가 잘 먹혔는지 한동안 그 아저씨는 마주치기가 무섭게 나를 피해 다녔다.

그리고 3주쯤 시간이 지난 어느 날, 나는 우연히 그 아저씨와 단 둘이 엘리베이터를 타게 되었다.
아저씨는 갑자기 또 말을 걸었다.

"이제 지팡이도 안 하고 혼자 다니네."
"저한테 말 걸지 마세요!"

내가 단호하게 말하자 이 아저씨가 갑자기 당당했다. 흡사 화를 내는 것처럼도 보였다.

"말 좀 걸면 어때애!"

나는 화를 냈다.

"저한테 말 걸지 마시라고요!"

나는 이 아저씨의 당당하고 뻔뻔한 태도를 보고 치가 떨렸다. 본인이 한 행동에 아무 반성이 없는 것이었다. 나는 엘리베이터에서 내리자마자 화가 나서 씩씩거리며 재활센터 최고 관리자의 방으로 걸어갔다. 그리고는 문이 부서질 만큼 빠르고 세게 두드렸다.

"아니, 그 아저씨가 왜 또 저한테 말을 거는 거예요! 다시 정확히 얘기해주세요. 한 번 더 그러면, 이젠 가만히 있지 않을 거예요!"

화가 나서 호흡 조절이 잘되지 않았다.

살면서 이렇게 명백한 성추행 사건은 처음이었다. 그래서 그런지 나는 처음부터 경찰에 신고하는 것을 머릿속에 떠올리지 못했다. 그런데 며칠 전부터 그런 생각이 들었다. '잘못을 한 사람은 경찰에 신고하는 게 맞는데. 귀찮아도 그렇게 하는 게 맞는 건데.'

더군다나 나는 이 일이 있기 한 달여 전쯤 장애인 판정을 받았다. '여성으로서의 사회적 약자' 같은 것이 아닌 국가가 법적으로 인정한 장애인이자 사회적 약자가 된 것이었다. 나는 내 위치에서 그 의무와 책임을 해야 한다는 생각이 들었다.

'내가 액션을 취하지 않으면 이 아저씨 같은 사람은 어쭙잖은 변명으로 또 사회적 약자를 함부로 대할 사람이야. 나이가 들어서 세상이 어떻게 돌아가는지 업데이트가 잘 안 되어 있다면 배워서 고칠 기회를 주어야 해.' 경찰에 신고하는 것이 맞는다는 결론을 내리고 며칠 후에 나는 그것을 행동으로 옮겼다.

무례한 사람에게 불친절이나 무시라는 대응을 했음에도 이런 일이 생겼다. 논쟁이 귀찮아서나 친절함이라는 가치에 무분별하게 빠져 있었다면 내가 더 무책임한 사람이 될 수 있었다는 생각이 들었다.

만약 지금까지 나의 친절한 행동 안에 귀찮음이나 비겁함이 포함되어 있었다면 이제부터는 용기를 내서 새로운 행동을 시도해야겠다는 생각이 들었다. 무조건 친절한 사람이 되고 싶지 않다. 나는 입원 초기부터 속 끓이고 거슬렸던, 나이가 한참은 많은 병원 직원의 아침 인사를 지적했다.

"선생님, 저한테 더는 '힘내세요.'라는 말은 하지 않으셨으면 좋겠어요. 제가 입원한 지 몇 달이나 됐고, 하루하루 열심히 즐겁게 운동하면서 지내고 있어요. 발병한 지는 벌써 1년이 다 돼가요. 발병한 지 얼마 안 된 사람한테는 힘내라는 말이 맞겠지만 지금 저한테 적절한 인사는 아닌 거 같아요. 그냥 아침에 절 보시면 '즐거운 하루 보내세요.'나 '운동 열심히 하세요.'라고 해주세요. 이런 인사가 저는 더 좋을 거 같아요."

나이 많은 사람에게 이런 식의 지적은 처음 해보았다. 다행히도 마음이 열린 이 직원분은 무슨 말인지 다 이해하겠다고 하시더니, 다음 날부터는 나에게 그냥 가볍게 "좋은 하루 보내세요."라고 말했다.

무작정 친절한 린다 씨는 이제 그만이다. 필요할 때는 쌀쌀맞기도 한 린다 씨다.

<나를 다시 빛나게 한 문장들>

『내가 확실히 아는 것들』, 오프라 윈프리

'당신은 자기 자신을 제외한 다른 사람들에게 아무것도 증명할 필요가
없다.'

대담하고 용기 있는 행동만이 내 삶을 의미 있게 할 것이다.

13개월차, 퇴원 후 -

오지랖은
정말 싫어요

사촌 언니가 말했다.

"부산 집 동네에 너 같은 환자가 있는데 그 아줌마는 너랑 비교도 못 해. 그 아줌마는 진짜 몸이 배배 꼬여서 아침마다 동네를 도는 거야. 그 아줌마가 걸어갈 때는 그냥 정지 화면이야. 걷고 있는데 안 움직이는 거 같아. 그런데 그 아줌마가 한 3년을 그렇게 걷더니 이제는 안 보이네?"

"이제 많이 좋아져서 다른 데 가서 걷나 보다. 언니."

주변 지인 중 나이가 좀 있다 하는 사람들은 어김없이 얘기했다.

"우리 아파트에 마비가 되고 진짜 열심히 걷는 사람이 있었는데 그 아저씨는 많이 좋아졌어. 그 아저씨는 정말 열심이었어."

"우리 사무실 앞에 어떤 아주머니 한 분이 몇 년째 날마다 걷고 있는데 이게 하루 이틀 사이에 좋아지는 건 아니고 연 단위더라. 어느 날 1년쯤 지났나? 우연히 보면 눈에 띄게 좋아져 있더라고. 시간이 걸리는 일이고 조금씩 좋아지는 거니까 너무 조바심내지 마." 사촌 오빠도 얘기했다.

나는 살면서 한 번도 집 근처나 공원에서 걷는 연습을 하는 뇌졸중 후유증 환자를 본 적이 없었다. 아마 관심이 없어서 보고도 몰랐을 것이었다.

나는 생각해보았다.

'나도 퇴원해서 그렇게 열심히 걸어야 하는데 그 사람들은 나이가 많은 아저씨고 아줌마니까 사람들이 그러려니 했겠지. 나는 젊은 여잔데 괜찮을까? 날마다 엄마 아빠랑 같이 걷자고 할 수도 없고, 혼자 걷는 연습을 해야 할 때도 많을 텐데 위험하지는 않을까? 혹여 나쁜 사람들이 해코지라도 하면 어떡하지?'

나는 사람들의 시선을 많이 의식하는 사람은 아니었다. 나는 뭐든 남을 의식하지 않고 곧잘 하는 편이었다. 심지어 혼밥이라는 단어가 없던 시절에도 내 혼밥은 일상이었다.

그런데 생각해 보니, 나는 항상 남자들과 동등하게 대우받고 싶어 하면서도 결정적인 순간에 내가 여자라는 프레임을 씌우고 있었다. 스스로 웃긴다고 생각하면서 나는 여자가 힘이 약한 것이 사실이라며 또 급히 타협했다.

내 걱정과 달리 퇴원 후 시도한 동네 혼자 걷기에서 나를 크게 신경 쓰는 사람은 별로 없었다. 시야 장애로 상황을 잘 파악하지 못해 그럴 수도 있지만 나는 이 정도면 편안하게 걷는다고 느꼈다.

수술 직후 서울에서 걷는 연습을 할 때면 굳이 옆에 걸어가는 엄마를 쫓아와 등을 툭 치며 "왜 그런 거예요~? 젊은 사람이?" 하고 묻는 아줌마도 있었다. 당시에는 그 아줌마만큼이나 나도 내 모습이 신기했었기 때문에 나는 다른 사람에 관해 이야기하는 것처럼 말하곤 했다.

"뇌출혈이에요. 뇌혈관 기형이래요."

엄마는 혈관 기형이라는 말을 싫어하셨다. '기형'이란 단어에서 자신의 탓이라는 죄책감을 느끼시는 것 같았다.

나는 사람이 태어날 때 모습이 다 다르듯 기형도 그 일부분이라고 생각했다. 옷을 벗어 보면 남모를 특이한 점 하나는 다들 있지 않은가. 장기에 점이 있거나 그 모양이 표준치와는 좀 다르거나 이상하고 못생겼거나 하는 경우가 있을 거라고 생각했다. 내 혈관 기형도 그냥 그중 하나라고 생각했다. 그 기형이 문제를 일으켰다는 것이 다를 뿐이라고 생각했다. 그런데 엄마의 마음은 그게 아닌 것 같았다.

어쨌든 내 모습이 궁금해 미칠 것 같아 참지 못하고 물어보는 사람들이 너무 불쾌하거나 싫지는 않았다. 그냥 '이 저 아줌마도 오지랖이 장난 아니다.' 하는 생각이 들 뿐이었다.
하지만 병원에서 이런저런 상황을 겪고 나니 이제는 그런 상황이 못 견디게 싫었다.

하루는 공원에서 아빠와 멀찌감치 떨어져 걷고 있는데 한 아주머니가 한 발 한 발 집중해서 걷고 있는 나에게 다가오더니 왼손을 덥석 잡았다.

그리고는 "추운데 장갑이라도 끼지…."라고 말했다.
내가 깜짝 놀라 "어머! 갑자기 손을 왜 잡으세요! 안 추워요!" 하자, 그 아줌마는 또 이렇게 말했다.

"힘내세요. 기도할게요."

장갑 좀 끼라는 얘기는 부모님도 매일 하셨다. 하지만 내 손은 주먹을 쥐고 있어 손에 장갑을 끼는 것이 어려웠다. 장갑을 끼면 손목이 안쪽으로 더 오그라들기도 했다. 그래서 나는 손에 뭘 쥐거나 끼는 것을 싫어했다. 이런저런 상황을 설명할 필요도 없이, 나는 이런 아줌마들이 혐오스러웠다. 본인들은 따뜻하고 걱정스러운 마음으로 다가오는 것이라고 생각할 것이었다. 하지만 그것은 본인들 위주의 생각이며 당하는 입장에서 그것은 무례한 태도일 뿐이었다.

지팡이를 짚고 걸으라고 반말로 얘기하는 아저씨인지 할아버지인지 모를 남자도 있었다.

'어디서 봤다고 반말?'
'몸이 불편하다고 해서 어떻게 모르는 사람의 몸을 함부로 만지거나 말을 걸고 반말을 하는 행동을 할 수가 있지?'

나에게 있어 그런 행동은 병원에서의 성추행 사건과 크게 다를 바가 없었다. 이것은 그저 프라이버시 침해고 불쾌한 일이었다.

나는 뇌출혈로 인한 후유증이 발병한 지 한 달, 두 달이 아니라 1년이 지난 사람이었다. 나는 이 생활의 꽤 많은 부분에 적응하고 열심히 재활하며 살아가고 있었다. 만약 내가 뇌졸중이 발병한 지 10년, 20년이 지난 후유증 환자였다면 어땠을까? 나는 내 삶을 너무 아무렇지도 않게 살고 있는 사람일 수도 있었다.

다행히 공원에서는 아빠와 걷고 있을 때가 많아서 괜히 아빠에게 분노를 표출했다.

"아빠, 저는 저런 사람들 이해가 안 가요. 왜 다른 사람한테 함부로 말을 걸고, 제 손은 또 도대체 왜 만지는 거예요! 잘 걷지도 못하는 사람의 몸을 갑자기 만지면 얼마나 위험한데요."라고 하면, 아빠는 "저 사람들은 네가 걱정돼서 그러는 거다."라고 하셨다.

나는 또 화를 냈다.

"아빠! 걱정이 된다고 해서 다른 사람에게 함부로 와서 말을 걸거나 만져서는 안 돼요. 제가 몸이 불편하다고 해서 그렇게 해도 되는 건 아니에요! 나이 든 사람들은 왜 그런지 모르겠어요!"

나는 나이 든 아빠에게 나이 든 사람을 싸잡아서 불평했다.

물론 조심스럽게 다가오는 사려 깊은 아주머니들도 있었다.

'어디가 불편하시냐. 도와드릴 게 있냐. 그냥 운동하시냐?' 하고 묻고,

도와드릴 게 없으면 먼저 가겠다고 하시는 분들도 있었다.

충분한 존중의 제스처로 다가오는 분들을 내가 왜 싫다고 하겠는가?

얼마 전 책에서 봤던 꼰대 테스트 질문이 생각났다.

'낯선 방식으로 일하는 후배에게 친히 내가 잘 알고 있는 방식을 알려

준다.'

내 답변은 물론 NO였다.

모든 사람은 자신의 수준과 능력에서 본인의 어려움을 헤쳐 나갈 것이

다.

쓸데없는 오지랖은 하지 말았으면 좋겠다.

[퇴원 후 걷는 연습]

나는 다시 빛날 거야

14개월차, 나아감 -

새로운
여정을 향해

"어제 신검 다녀왔냐이~ 가서 다리도 좀 절고, 침도 좀 흘리고 했어야
제. 흐흐흐. 군대 가서! 총 들고 구르고! 왔다 갔다 하면! 그것이 재활이
제, 다른 것이 재활이 아니여!"

뇌 손상이 꽤 경미해서 재활이 거의 끝난 듯해 보이는 젊은 친구에게
치료사 선생님이 농담한다.

선생님들은 서울에서처럼 친절하고 상냥하지 않다. 하지만 나는 이 투

박한 태도의 선생님들에게서 전라도 특유의 유머와 감성을 느낀다. 20대 초반에 시작한 서울 생활에서 나는 부드러운 말투의 서울 사람들이 참 재미없다고 생각했다. 의도한 것은 아니지만 성인이 된 후 처음으로 이곳에 와 생활하게 되어, 어렸을 때 경험했던 감성을 다시 느끼는 것은 신선하고 즐거운 일이다.

건강하신 부모님이 계신다는 것은 그 무엇보다도 감사한 일이다. 부모님은 내 생활 방식을 이해하려고 노력하신다. 아빠는 습관적으로 따뜻한 물을 마시라고 잔소리하다가 쓸데없는 얘기라는 것을 깨달으시고 곧바로 제 입을 틀어막으신다.

엄마는 아침에 방탄 커피를 만드는 것을 도와주시고 갓 구운 크로와상과 커피를 내어주실 때도 있다.

엄마는 끼니마다 최선을 다해 맛있는 밥상을 차리려고 노력하신다. 엄마가 만든 반찬 하나하나를 경이로운 표정으로 맛보던 나는, 밥상 앞에서 아빠에게 농담한다.

"아빠, 이 반찬들 좀 봐요. 우린 엄마 없이 못 살아요."

아빠는 갑자기 일장 연설 모드로 "부모가 살아 계실 때 소중한 것을 알아야지."라고 하며 습관적인 훈계를 시작하려 하신다.

'난 분명 우리라고 했는데….'

하지만 한편으로 생각해보면, 평생 가부장적이셨던 아빠가 노력하시는 모습이 그리 달갑지 않다. 몸이 불편한 딸이 안쓰러워 최대한 맞춰주는 것인지 내가 늙은 아빠와의 기 싸움에서 너무 이겨버린 것인지 모르겠다.

'잔소리쯤 그냥 듣지 뭐.' 이제 따뜻한 물 얘기를 하시면 싫어도 그냥 '네.' 하고 마셔야겠다고 생각한다.

엄마가 이틀째 고구마를 태우신다. 아빠는 뭐라 잔소리할지언정 나는 눈치껏 아무 말 않고 엄마 옆을 쓱 지나친다.

명절을 포함하여 1년에 서너 번 부모님 집에 올 때마다 그 주어진 시간은 항상 부족했다. 매번 물어보시는 컴퓨터 사용법, 핸드폰 와이파이, 블루투스에 대해 제대로 알려드리고 싶었다. 기차표를 끊을 때마다 기차역으로 가는 아버지가 안쓰러워 기차 앱 사용법도 더 자세히 알려드리고 싶었다.

서울로 올라와야 할 때면 며칠만 더 시간이 있으면 좋겠다는 생각을 항상 하곤 했었다. 멀리 떨어져 사는 나이 들고 약해진 부모님이 어떤 자식이나 그렇듯 걱정이었다. 이제 부모님보다 더 부족한 몸의 상태로 부모님 댁에 얹혀살게 된 내가 예전처럼 하는 것은 아직 불가능하다. 하지만 나는 젊은이의 브레인으로 할 수 있는 것은 최대한 도와드리려 한다. 이메일 주소를 매번 잊어버리시는 아빠를 위해서 하루에 한 번씩 이메일 주소와 비밀번호를 물어본다. 핸드폰을 바꾸거나 분실해도 문제가 생기지 않도록 아빠의 구글 계정에 연락처도 저장해드린다.

천사 같은 조카들과 함께 여유롭게 보내는 시간은 그야말로 꿀단지다.
다행히도 조카들은 1년 만에 만나는 잘 걷지 못하는 이모를 낯설어 하지 않는다. 조카들은 "이모는 왼손을 못 쓰니까 오른손을 잡아야 해." 하고 말하고는 내 오른손을 잡고 제 페이스로 쓱 걸어가버린다. 이런 조카들이 너무 귀엽고 사랑스럽다는 생각이 든다. 이모와의 추억을 잘 기억하고 이모가 다 나으면 또 아쿠아리움에 가자고 하는 것도 고맙다.

빨리 회복해서 회사에 다니고 싶은 마음이 굴뚝 같지만, 가족들과 오롯이 보낼 수 있는 시간이 많아진 나는 회사 일로 바쁜 사람들이 쉽게 가질 수 없는 행복이 있다.

새로운 선생님에게서 재활에 대한 새로운 견해를 듣고 걸음 패턴에 적용하다 보니, 퇴원한 지 한 달이 채 되지 않았는데 많은 부분에서 발전이 있다.

걷는 데 대한 자신감과 마음의 여유도 좀 생긴다.

이제는 공원에서 스쳐 지나가는 아줌마의 지팡이를 짚고 걸으라는 말에도 "괜찮아요. 괜찮으니까 가세요." 하고 먼저 가라는 손짓을 한다.

그러다 쓰러지면 어떡하냐고 하면 나는 또 여유 있게 받아친다.

"쓰러지긴 뭘 쓰러져요! 1년 넘게 이렇게 걷는 연습 하고 있는데!"

"다리를 다쳤소?"라는 말에, 나는 무심하게 "뇌출혈요." 한다.

내 태도에 아줌마는 머쓱해하며 '젊은 사람이라 금방 일어나네.' 하고 지나간다.

퇴원 직후 두려웠던 평범한 길을 걷는 것.

이제는 발이 뒤집히는 느낌도 점차 덜해지고 무릎이 구부러지면서 자연스럽게 앞으로 발이 나가는 동작도 잘 된다. 더는 격정적으로 다가오는 사람도 없다. 간혹 활짝 웃으며 다가와 많이 좋아졌다며 박수치는 사람은 있다. 여름쯤이면 내 걸음에도 유기성이라는 것이 생길 것 같아 기대된다.

낙관주의자인 나에게도 실패에 대한 두려움이 가득한 것이 재활이다. 하지만 마음속에 희망이 있는 한, 이것도 꽤 특별하지만 할 만한 다른 일 중 하나가 된다.

나는 오늘도 묵묵하고 잔잔하게 내가 해야 할 일을 한다.

<나를 다시 빛나게 한 문장들>

『마음의 힘』, 바티스트 드 파프

'감사하는 마음을 느낄 수 있는 두 단계가 있다. 감사하기의 첫 단계는
일상에서 접하는 일이나 상호 작용에 관한 것으로, 비바람을 피할 집과
자식들에게 먹일 음식이 있음부터 길에서 스쳐 지나는 낯선 이에게 무심
코 받은 미소 같은 것들에 감사하는 일이 이에 해당한다. 두 번째 단계는
커다란 상실을 겪은 뒤에도 감사하는 것이다.'

감사의 중요성은 두말하면 잔소리다. 내가 해야 할 일은 현재 내 주변
환경과 사람들에 감사하는 것임을 명확히 안다.

나는
더 빛나는

존재가
될 거야

3월 마지막 주가 되자, 날씨가 따뜻해지면 놀러 오겠다는 약속대로 기차를 타고 친구가 놀러 왔다.

우리는 예전처럼 아구찜을 먹고 맥주도 마셨다. 친구와 식당을 나오자 오후 6시 어수룩한 저녁 어둠이 내렸다.

나는 이 정도로 어두울 때 걷는 것은 처음이라며 기뻐했다.

사소한 상황 속에서도 나는 몸의 미세한 변화를 감지한다.

서른 살 초반, 용기 내어 치아 교정을 했을 때도 2년 6개월이라는 시간을 꼬박 견뎌내었다.

미세하게 움직이며 자리 잡는 치아처럼 내 몸도 조금씩 조금씩 느리게 느리게 변화하고 있다.

작년 이맘 때 뇌 수술이 끝난 후의 내 바람은 연습할 수 있는 정상적인 보행 패턴을 갖는 것이었다. 아직 신호등을 건너는 데 자신 없는 내 현재의 바람은 안전하게 신호등을 건너는 것이다.

현재는 정상적인 보행 패턴이 만들어졌다. 나는 내년에 신호등을 건널 것이라는 것도 확신한다.

나는 친구와 내년 봄 제주도 여행을 계획했다.

나는 현재에 있지만 변화될 미래를 살고 있다.

내 이야기는 특별한 것 같지만 특별한 이야기는 아니다. 형태는 조금 다르지만 예기치 않은 어려움 속에 힘들었던 경험, 오도 가도 할 수 없는 상황 속에서 정신이 더 명료해지며 힘차게 나아갔던 경험은 누구에게나 한 번쯤 있었을 것이라고 생각한다.

우리는 모두 변화하는 존재다. 내가 뇌 질환 후유증을 가진 사람이어서 하는 얘기가 아니다. 우리는 희망적인 무언가가 될 수 있다. 나는 내 삶에서 그것을 증명해 보이려고 한다.

대단한 성공까지는 아니더라도 긍정적인 무엇인가를 갈망한다면, 그저 용기와 희망 정도만 가져 보는 것은 어떨까. 우리 모두는 정말 더욱 빛나는 존재가 될 수 있을 테니까.